AF498464

Rudolf Stratz

Arme Thea!

Charles Dickens
Gesammelte Werke: Romane + Erzählungen + Reiseberichte + Biografie (27 Titel in einem Buch): Oliver Twist, Eine Geschichte … aus Italien, Aufzeichnngen aus Amerika…

Adalbert Stifter
Gesammelte Werke: Romane + Erzählungen + Gedichte + Briefe: Witiko + Der Nachsommer + Brigitta + Bunte Steine + Der Hochwald + … Der beschriebene Tännling + Der Waldsteig…

Charlotte Brontë, Emily Brontë
Jane Eyre & Sturmhöhe

Charlotte Brontë
Jane Eyre

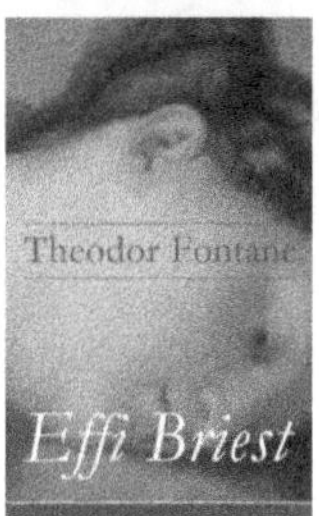

Theodor Fontane
Effi Briest

Rudolf Stratz
Arme Thea!

e-artnow, 2018
Kontakt: info@e-artnow.org

ISBN 978-80-273-1316-7

Inhaltsverzeichnis

I.

Würde er sich nun totschießen oder nicht?

Heute abend stand er wohl vor der Entscheidung ... oder morgen ... oder übermorgen! Genau konnte man ja nicht wissen, wann aus Berlin, in seiner dort beschlossenen Fassung, das ehrengerichtliche Urteil zurückkam, das hier in der kleinen Husarengarnison die Regimentskameraden über ihn gefällt.

Er kannte dies Urteil ja nicht. Aber er mußte sich sagen: Wäre ich, statt als Angeklagter, als Richter ernst und schärpenumgürtet in der Reihe der Genossen gesessen, ich hätte »Schuldig der Verletzung der Standesehre« zu Protokoll gegeben!

Ganz natürlich schuldig der Verletzung der Standesehre! Wer Ehrenscheine verfallen läßt ... nicht einen, sondern mehrere ... ein halbes Dutzend wohl im Lauf der beiden letzten Jahre ... wer sich mit Haut und Haar den Wucherern überliefert, in monatelangem, jahrelangem Verzweiflungskampf den einen Halsabschneider mit Hilfe des andern prellt, den Gauner rechts gegen den Gauner links ausspielt, bis sich endlich die ganze Meute auf ihn stürzt ... nun, natürlich kann solch ein Mensch nicht länger den Attila tragen! Es war schwer, zu hoffen, daß man in Berlin anderer Ansicht sein würde.

»Verflucht!« Georg Textor warf die abgebrannte Zigarette weg und schritt wieder rastlos, in leisem Sporenklirren, durch das üppige Garçongemach.

Um ihn brauten die bläulichen Wolken des bessarabischen Tabaks, dessen Zigarettenstummel weithin den Smyrnateppich bedeckten. Die Wolken stiegen und sanken, sie spannen sich um die Rehgeweihe, die Waffen und Sportbilder an den Wänden und bildeten einen durchsichtigen Dunstkreis um den gelblichen Lichtkegel der Lampe, die auf dem Schreibtisch stand.

»Werd' ich mich nun totschießen oder nicht?«

Der stille Sommerabend draußen gab ihm keine Antwort. Er steckte sich eine neue Papyros an, trat vor den Spiegel und schaute gespannt hinein.

Merkwürdig ... er sah aus wie immer. Eigentlich müßte doch in den Zügen eines Menschen, der eben mit dem Leben abrechnet, etwas Feierliches zu finden sein ...

Keine Spur! Dasselbe bartlose verwegene Galgenvogelgesicht wie sonst!

Kein Mensch hätte geglaubt, daß es einem preußischen Offizier gehörte! Allenfalls in einigen herben, hochmütigen Linien um Mund und Nase zeigte sich etwas von jenem märkischen Typus, zu dessen Uradel er mütterlicherseits gehörte.

Aber sonst sah er am ersten einem englischen Sportsman ähnlich, mit seiner mittelgroßen, sehnigen Gestalt, dem kleinen Bartstreifen an den hageren Wangen, und der gesuchten Lässigkeit der Bewegungen.

In Deutschland findet man solche Erscheinungen selten – am ehesten noch in Hamburg, dem Sitz seines väterlichen Hauses, der großen Reederfirma Textor & Comp. Dort spiegelt sich der kühle, zähe Wagemut des Seefahrers und Spekulanten, die blasierte Ruhe des Menschen, der sich fortwährend in der Hand des Zufalls weiß, und die List des Kämpfers, der rastlos diesem Zufall die günstige Seite abzugewinnen sucht, dort spiegelt sich das alles in jungen und alten Rassegesichtern so gut wider wie auf dem Turf, zu dessen Größen er, Georg Textor, bis vor wenigen Wochen gehört.

Seit zwei Jahren war die große Firma in Hamburg liquidiert, der alte Herr selbst tot. Nun sollte er, der einzige Sohn, auch Abschied nehmen vom bunten Treiben des Rennplatzes, auf dem so oft ihm die Menge zugejauchzt, von dieser ganzen üppigen Welt, die ihn lachend und schmeichelnd wie ein schönes Weib umfing?

Seine sechsundzwanzig Jahre krampften sich dagegen auf.

Oft war er in der Rennsaison zwei-, dreimal an einem Nachmittag in den Sattel gestiegen und hatte den Tod herausgefordert, wenn er in fliegender Pace das Feld über Hecken und Gräben dahinriß und unter dem Donner der Massen in wütendem Endkampf seinen Gaul aus der Schar der anderen herauspeitschte.

Aber das war doch etwas anderes, diese Möglichkeit eines schweren Sturzes als so... sich selbst... Der Sergeant, der sich neulich oben auf dem Kasernenboden aus Liebesgram erschossen, kam ihm nicht aus dem Sinn. Wie der Kerl aussah ... Der ganze Kopf entzwei. Blutspritzer weit über den Boden hin, das Gehirn rings an den Wänden...

»Verflucht!« Georg Textor sah nachdenklich in den Spiegel.

Da klopfte es. Leutnant von Heerwaldt trat ein.

Sein bester Freund im Regiment. Ein magerer hochmütiger Graf mit wenig Geld und zahllosen Ahnen, ein etwas steifer, aber grundanständiger und gutmütiger Kerl.

»Also du bist zurück, Georg?« sagte er und setzte sich.

Der kleine Sportsman nickte.

»Wo sollt' ich denn schließlich bleiben? Zu Verwandten gehen? Meinen Hamburger Onkeln und Vettern? Mit denen bin ich seit zwei Jahren fertig... seit sie sich beim Bankrott meines Vaters so erbärmlich benommen haben. Sie hätten ihm helfen können ... und sie taten's nicht! Nur vertuschen ... Alles vertuschen ... Das wollten sie und brachten sie auch fertig ... Die verfluchten Geldsäcke ... Alles schön und gut: der alte Herr ist nun wirklich nach allgemeiner Meinung eines natürlichen Todes gestorben. Und unser Haus hat nicht falliert... pfui, wie häßlich für die Verwandten! Nein... es hat ja glücklich liquidiert ... und daß dabei nicht ein roter Dreier herauskam, das geht ja nur mich an ... den sogenannten Erben!«

»Verfluchte Chose!« sagte der Graf.

Georg ging im Zimmer auf und nieder und rauchte.

»Na... siehst du, Roger... da steht man nun eines schönen Morgens so da, wie ich vor zwei Jahren ... und fragt sich: was nun, alter Junge? ... Den Abschied nehmen... natürlich ... ich wollt' es ja auch... aber ich war hier der große Kerl im Regiment... Der erste Rennreiter ... galt immer noch für 'nen Reichmeier ... denn außer dir und Hanitz wußt' es ja keiner, wie es eigentlich mit mir stand ... und da dacht' ich mir: am Ende geht's auch so! Du hast dein bißchen Gehalt, du hast deinen Stall voll Gäule, mit denen du eine Masse Geld gewinnen kannst ... du hast das Jeu, in dem man nur Glück zu haben braucht, um den großen Schlag zu machen ... du hast deine Freunde, die dir im Notfall borgen ... und schließlich machst du 'ne anständige Partie ... kriegst im Lauf der Jahre deine Schwadron und alles wird gut!«

Der andere Husar schüttelte tiefsinnig den Kopf. »Weißt du, Kerlchen,« sagte er, »das war doch von vornherein eine recht unsichere Existenz!«

»Ach, wirklich?« Georg legte ihm die Hand auf die Schulter und ein spöttisches Lächeln kräuselte seine Lippen ... »wirklich? ... Merkst du das jetzt auch? ... Denk' mal: das ist mir schon früher aufgefallen! ... Weiß der Teufel, wie mir sofort alles quer ging ... Meine Gäule lahmten, beim Jeu war ich der sichere Mann, meine Freunde hatten nie Geld, wenn ich welches brauchte ... und mit dem Heiraten ... ja ... ich fand keine! Zu Dutzenden laufen ja die Millionen-Erbinnen nun 'mal nicht in diesem Krähwinkel umher ... und draußen ... auf den Rennplätzen und in Berlin ... Gott ... ich hätt' ja können ... aber weißt du ... ohne Liebe ... nein! Mich direkt verkaufen ... das ist ja einfach unanständig!«

Der semmelblonde Graf seufzte auf ... »Jetzt kommen bei dir kleinem Mephisto die Grundsätze heraus, wo es zu spät ist!«

»Na ja!« Georg warf sich ihm gegenüber in den Sessel ... »ich fing an, Schulden zu machen ... erst einfache ... dann, wie die Halunken schwierig wurden, Ehrenschulden ... weil ich nicht anders konnte ... Zum Abschiednehmen war es nun auch zu spät ... und dann auch: wohin denn? Mit den Hamburger Verwandten, wie gesagt, ist's aus! Denen hab' ich nach dem Begräbnis meine Meinung gesagt, mit Worten, die die verwünschten Pfeffersäcke mir nie vergessen. Und die Verwandten meiner seligen Mutter? Ach, Roger, mein gutes Gräflein ... du weißt's am besten, wieviel bei euch Männerchen auf −ow und −itz an Kleingeld zu holen ist. Ihr seid bessere Kerle als so ein gottverlassener Hamburger Lebemann wie ich! Ihr setzt euch vor euren Stammbaum, verzehrt eine Butterstulle und bildet euch ein, ihr diniertet bei Pfordte oder Hiller...«

Der Husar machte eine abwehrende Bewegung: »Jetzt ist doch nicht die Zeit für faule Witze!«

»Oh ... ich werde einen Witz machen!« Das hagere Gesicht des Turfmannes nahm plötzlich den Ausdruck unheimlichen Grimmes an ...»Ich versteh' mich zu rächen, wenn es sein muß! Ich denunziere die ganze Schwefelbande, die mich ausgeplündert hat, dem Staatsanwalt! Sie müssen ins Gefängnis: Tatbestand des Wuchers: Notlage, Leichtsinn oder Unerfahrenheit! Unerfahren bin ich ja nun nicht ...«

»Nein!« klagte der Graf ...»Du bist ein höllisch heller Kopf! Man könnt' sich manchmal beinahe vor dir fürchten.«

»Aber 'ne leichtsinnige Fliege bin ich!« Ein kindlich liebenswürdiges Lächeln spielte schon wieder um Georgs Lippen ...»...Na, und die Notlage versteht sich von selbst ...«

Es klirrte auf der Treppe. Der Leutnant von Hanitz kam herein.

»'n Abend. Textor!«

»'n Abend, Hähnchen!«

Der Besucher zog ein Blatt Papier heraus: »Ich wollt' dir nur gleich, da du wieder hier bist, sagen, wie ich deine Affären geordnet hab'!...Also an Schulden hast du bei Robrecht in Berlin noch 417 Mark, hier bei kleinen Leuten im ganzen 1512 ...dann an das Königliche Proviantamt für Extra-Pferderationen im letzten Quartal 680 ...dann...«

»Na... wieviel macht's im ganzen?«

»Ziemlich genau 3000 Mark!«

»Schön!« sagte Georg Textor gleichmütig ...»diese kleinen Leute müssen zu ihrem Gelde kommen. Eher kann ich mich nicht mit gutem Gewissen totschießen.«

Der andere stutzte einen Augenblick. Dann fuhr er mit unsicherer Stimme fort:

»Nu hab' ich also Laring telegraphiert, der als Rittmeister zu uns versetzt ist. Er ist bereit, deine ganze Wohnungseinrichtung und die Wohnung selbst mit der Miete zu übernehmen – und dafür all diese kleinen Kosten zu bezahlen.«

»Und mein Trainer?« fragte Georg ...»Wenn er nicht inzwischen durch ein glückliches Spiel des Zufalls gehängt sein sollte, macht er jedenfalls enorme Schadenersatz-Ansprüche geltend. Mein Stallbursche auch!«

»Ich habe deine drei letzten Pferde verkauft ...« erwiderte Hanitz bedächtig ...»die Fuchsstute an den Etatmäßigen ...die Donna Diana nach Berlin an ...«

»Na ... und?«

»Na. Und das ging gerade so glatt auf. Es ist alles geregelt!«

»Und ich hab' noch sechshundert Mark in der Tasche,« sagte der kleine Sportsman nach einer Pause »...vielleicht irr' ich mich, aber ich glaube: Rothschild hat mehr! Kinders ...Kinders ...Ihr springt nett mit mir um ...schon der alte Schiller sagt: das Opfer liegt, die Raben steigen nieder!«

Die beiden anderen Husaren antworteten nicht.

»Ja,« hub Georg nach einer Weile wieder an ...»abgetan bin ich und mein irdisches Vermächtnis geregelt. Jetzt fragt es sich nur: Einfache Abschiedsbewilligung oder schlichter Abschied? »Leutnant a.D.« oder »früherer Leutnant«? Im ersten Fall kann ich zum Armeerevolver M/92 greifen ...im zweiten *muß* ich dies schätzbare Instrument aus seiner Lederhülse befreien. Sonst verliere ich den Rest eurer Achtung ...«

»Gott ...mancher geht ja auch nach Amerika!« brummte der Graf. Die Tränen standen in seinen gutmütigen, blauen Augen.

»Nach Amerika!« Georg stieß verächtlich seinen Stuhl zurück ...»nein ...Roger ...das beste am Menschen ist, daß er sich wäscht! ...Ein Land, wo ich nicht täglich mein laues Seifenbad haben kann, das existiert nicht für mich! Und ich glaube, als Kellner in New-York oder als Heizer auf einem Mississippi-Steamer würd' ich mir das schwer beschaffen können ...«

»...Amerika ...ein Kerl wie ich ...der elegantesten Hunde, die je den Rennplatz unsicher machten ...lächerlich!« ...Georg setzte sich wieder, und alle drei schwiegen.

Da war der Bursche! Die Sporen klirrten, wie er, strammstehend, die Hacken zusammenschlug.

»Herr Premierleutnant Köhler läßt fragen, ob er den Herrn Leutnant sprechen kann!«

Der Regiments-Adjutant!

Die jungen Männer fuhren auf. Sie wußten: den leidenschaftslosen, kühlen Streber, der da draußen, im Hausflur wartete, den trieb nicht die Freundschaft her. Er brachte eine dienstliche Nachricht.

»Ich lasse bitten!« Georg Textors sonst so scharfe Stimme klang merkwürdig belegt.

Premierleutnant Köhler trat mit schweigendem Gruße ein. Hanitz und Heerwaldt wollten sich entfernen.

»Bleibt nur da!« Der kleine Sportsman schüttelte trübe den hageren Kopf, in dem die grauen Augen unruhig funkelten –»...ob ihr's einen Tag früher oder später hört...«

Das Gesicht des Adjutanten war finster. »Ich wußte nicht, daß Sie hier sind,« sprach er zu Textor, eintönig die Worte wägend, »...das Schreiben des Regiments ging heute mittag an Ihre bisherige Adresse. Um Sie nicht unnötig in Ungewißheit zu lassen, schickt mich der Oberst hierher...«

» ... nun ... und ...« »Sie haben den schlichten Abschied erhalten!«

Der Adjutant war gegangen, kalt und förmlich, wie er kam.

Georg hatte sich schon wieder eine Zigarette angezündet und hielt sie lange prüfend gegen das Lampenlicht ... er wußte selbst nicht, warum ...

Die Freunde schwiegen. Auch draußen war es totenstill.

»Armer Kerl...« sagte Hanitz endlich leise, wie am Lager eines Schwerkranken ...»...armer Kerl...«

Der blonde Graf nickte ihm Beifall.

»Das ist sehr hart...« sprach er schweratmend ...»...schau, Jungchen ...du bist ja ein böser Spötter und hast ewig deine Witze über die Vorgesetzten und den Dienst und uns ...ja namentlich über mich gemacht ...aber ein ganzer Kerl warst du doch ...ein ganzer Kerl ...schneidig im Dienst ...ein flotter Kamerad ...und ein Reiter ...na ...wir werden sobald keinen solchen wieder haben...«

Der Herrenreiter sprang auf und dehnte den schmächtigen, katzenzähen Leib.

»Du tust gerade, als ob ich schon tot wäre!« stieß er hervor.

» ... natürlich schießt du dich tot!...« konnte er in den ernst auf ihn gerichteten Freundesblicken lesen...» ...da du nicht nach Amerika gehst! Du willst doch nicht etwa hier in Deutschland als ein Ehrloser weiter leben, als ein Mensch, mit dem kein Gentleman mehr den Händedruck tauscht und die Klinge kreuzt?«

»Wißt ihr, Kinder!« sagte er stehenbleibend und ein heiseres Lachen kam aus seinem Munde. »...Das ist ja verflucht schnell gesagt: nu schieß' dich gefälligst tot! Ihr sitzt ganz behaglich da und wißt nicht, was sich da in einem dagegen aufbäumt ...wenigstens in einem so spannkräftigen, lebenslustigen und mit allen Hunden gehetzten Menschen wie ich! Bin ich krank? Nein! Bin ich hoffnungslos verliebt? Nein. Denn ihr wißt: ich nehm' die Weiber, wo ich sie finde – nur ernst nehm' ich sie nicht! Bin ich sonst so unglücklich, daß mir nichts mehr am Dasein liegt? Nein. Und doch soll ich mich und meinen nicht ganz unbedeutenden Verstand und meinen noch weniger unbedeutenden Willen mit einem Knall zerstören? Warum? Weil in einem Ackerstädtchen einige zwanzig Herren in buntverschnürten Röcken leben, die das für unumgänglich notwendig erachten! Ja, hört 'mal, Leute ...mehr, wie mich aus eurer Mitte ausschließen, könnt ihr doch nicht tun. Was ich dann treibe, sollte euch doch eigentlich gleichgültig sein!«

Die beiden Leutnants tauschten einen Blick.

»Du kannst nicht erwarten, Georg,« sagte dann der Graf mit fester Stimme, »daß wir oder sonst wer im Regiment dich zu irgend einem Entschlusse treibt oder davon abhält. Das mußt du alles mit dir selbst abmachen ...mit dir allein!«

»Aber wirst du mir auf der Straße die Hand reichen und mit mir gehen, wenn wir uns etwa in acht Tagen hier auf dem Marktplatz treffen?«

»Nein, Georg ...das kann ich nicht und kein anderer!«

»Siehst du!« sagte der Sportsman achselzuckend, und ein bösartiges Lächeln huschte über sein blasses, bartloses Gesicht. »...Das ist ja eben der moralische Zwang, den ihr ausübt, um mich zum Selbstmord zu zwingen. Euren Freund und Mitmenschen. Ihr müßt als Offiziere doch fromme Christen sein! Da solltet ihr doch wissen, daß es heißt: Liebe deinen Nächsten! ...und nicht: Drücke deinem Nächsten gefälligst den Revolver in die Hand!«

»Wenn dein Gewissen das nicht tut,« – Hanitz sprach lebhafter als sonst – »...wir Offiziere tun es gewiß nicht. Wir haben kein Recht und keine Verpflichtung mehr für dich!«

Und der Graf setzte trübsinnig hinzu: »Ach, Jungchen ...was hilft das Gerede? Davon wird's nicht bessert«

»Melden Sie mich nur!« knarrte draußen eine Greisenstimme ...»ich muß den Herrn Leutnant sprechen!«

Georg stand auf. Er sah kampflustig aus.

»Hans Joachim, mein teurer Onkel!« sagte er ...»jetzt könnt ihr was erleben!«

Der Generalmajor z. D. Hans Joachim von Arenstorff erschien auf der Schwelle, eine hohe, hagere Greisengestalt, das schlichte Schwarz seiner Kleidung allein von dem Bande des eisernen Kreuzes durchbrochen. Er trat langsam näher, mit flüchtigem Kopfnicken die Verbeugung der beiden jungen Offiziere erwidernd.

»Ihr bleibt!« sagte Georg zu denen – und dann zum Onkel gewandt, »willst du Platz nehmen!«

Der General blieb stehen. Sein verwittertes Gesicht mit dem eisgrauen Schnurrbart zuckte nicht. Er war einst als Oberst der Schrecken des Regiments gewesen und, wie man glaubte, mehr seiner erbarmungslosen Strenge als der mangelnden Fähigkeit wegen der Armee-Verjüngung zum Opfer gefallen. Seitdem lebte er, ein vergrämter Junggeselle, auf seinem Gütchen in der Nachbarschaft, schoß bei Tage Enten und spielte abends mit dem Dorfpfarrer seine Partie Piquet.

Er hüstelte und richtete sich straff auf.

»In der Lage, in der du dich befindest,« begann er langsam, »...wird es für dich vielleicht von Wert sein, die Ansicht deiner Verwandten zu hören ...ich meine, der Verwandten deiner seligen Mutter. Mit den anderen haben wir nichts zu tun. Es war ein Zufall, daß dein Vater auf einer Rheinreise in Koblenz meine Schwester kennen lernte und sie ein Paar wurden. Und kein guter Zufall, denn der Mensch soll bei seinesgleichen bleiben ...der Adel beim Adel ...der Kaufmann beim Kaufmann ...die Rassenmischung taugt nichts!«

»Verzeihung, Onkel!« sagte Georg kühl ...»diese etwas fernliegenden Dinge...«

»Sie liegen dir nahe! Denn du bist eben solch ein Mischling. Wie du da stehst, siehst du einem Engländer, der sich zu Fastnacht in eine preußische Husarenjacke gesteckt hat, ähnlicher als einem wirklichen Offizier ...ich weiß, was du sagen willst ...du verstehst deinen Dienst so gut wie jeder andere? ...Oh ja ...aber auf die Gesinnung kommt es an...«

»Und auf das Kleingeld! Mein Unglück war, daß die Cholera in Hamburg auftauchte! Was kann ich dafür, daß dort so ein Schmutz war und in den Wasserkanten der Tang hing und die Aale plätscherten ...was kann ich dafür, daß es in den Fleets wie im Schweinestall aussah ... aber die Cholera war nun einmal da ...mit ihr die große Handelskrise und mit der Handelskrise unser Bankrott ...was hilft mir alle Gesinnung gegen solch einen niederträchtigen Bazillus?«

Der General wiegte finster das graue Haupt: »Das Unglück war eine Prüfung für dich. Du hast sie nicht bestanden und bist der Versuchung erlegen. Eben höre ich, daß das Urteil aus Berlin eingetroffen ist...«

»Ja.« Der schmächtige Husar sah ihm mit spöttischem Trotze ins Gesicht ...»ich hab' den schlichten Abschied...«

Der Alte zuckte, wie von einem Schmerz berührt, zusammen. »Der Oberst sagt' es mir...« murmelte er und sah zur Seite ...»und nun ...was wird nun?«

Georg suchte nach der Zigarettendose. »Meinst du nicht, Onkel...« sprach er beiläufig ... »daß das zunächst meine eigene Angelegenheit ist?«

Die lange schwarze Gestalt vor ihm reckte sich noch mehr in die Höhe. Ein dunkler Arm fuhr in die Tasche des langschößigen Rockes, er kam wieder zum Vorschein, durchschnitt die Luft und legte ein Etwas in schwerem Schlage neben der Lampe auf den Tisch nieder.

Ein Revolver blinkte da in dem gelblichen Schein.

Reglos und tückisch lag die Waffe da. Aus sechs schwarzen, kleinen Schlünden stierte der Tod auf sein Opfer, gewärtig, bei leisem Fingerwink eilfertig herauszuspringen, wie der Kellner auf den Ruf des Gastes.

»Damit soll ich mich wohl totschießen?« sagte Georg und setzte sich. Ein bösartig-verwegenes Lächeln spielte um seine Mundwinkel.

Der General sah starr ins Leere: »Da hast du meine Meinung!«

»Und meine Meinung...«, der Sportsmann bog sich im Sessel vor und betonte flüsternd, zischend jedes Wort...»Meine Meinung ist, das nicht ich ein Verbrecher bin, sondern die, die mich mit aller Energie, die sie in ihrem bißchen Hirne haben, zu einem wirklichen törichten Verbrechen aufstacheln. Der Selbstmord ist ein ganz törichtes Verbrechen ...Er ist wider die Natur! Es ist ganz abgeschmackt, daß ein ganz gesunder, kräftiger Mensch wie ich sich Schädel und Hirn und Augen zerschmettern soll, weil er einem elenden Wucherer ein paar tausend Mark schuldig ist. Die kann er ihm noch lange wiedergeben, wenn er erst einmal selbst ein reicher Mann geworden ist!«

»Und deine Ehre?«

»Ich hab' ja keine mehr!« sagte der gewesene Leutnant kaltblütig ...»Ihr habt sie mir ja abgeknöpft und von eurem Standpunkt aus ganz recht gehabt. Aber damit sind wir doch auch geschieden und ich wäre schön dumm, wenn ich mich jetzt noch um das kümmern wollte, was ihr von mir denkt. Jetzt bin ich mein eigener Herr und mir scheint: man kann auch ohne eure Hochachtung essen und trinken und schlafen! Und Geld verdienen auch! Das ist nämlich für mich jetzt dringend notwendig...«

»Also du willst dich nicht richten?« Mit bebenden Lippen stieß der General die Worte hervor.

»Nein, mein lieber Onkel,« ein mephistophelisches Lächeln umspielte den Mund des kleinen Sportsman ...»ganz ehrlich gesagt: es gefällt mir viel zu gut auf der Welt! Es ist zu amüsant hier. Ich will nicht weg!«

»Man ist nicht auf der Welt, um sich zu amüsieren!«

»O doch! Ihr glaubt das bloß nicht! Arbeit und Amüsement gehören zusammen!«

»Arbeit!« Der General wandte sich verächtlich zur Türe ...»Maurergeselle wirst du drüben in Amerika!«

»Nein. Aber Millionär hier in Berlin!« Georg sprach das ganz gelassen aus ...»noch heute Nacht fahre ich hin!«

» ...Ich hab' auf keinen Menschen mehr Rücksicht zu nehmen,« fuhr er nach einer Pause fort, in der der alte Haudegen ihn fassungslos ansah ...»und das ist eine große Hilfe im Kampf ums Dasein! Von dem verstehst du zwar nichts, mein lieber Onkel, weil dein Diener dir am Quartalsersten pünktlich die Pension holt ...aber ich werd' ihn kennen lernen ...und ...hol' mich der Teufel...« er stand plötzlich auf, und seine Augen sprühten ...»hol' mich der Teufel ...ich werd' siegen!«

»...Wenn ich einmal mit Vieren lang fahre,« er öffnete, ruhiger werdend, dem zum Ausgang schreitenden General die Türe ...»dann wird euch manches klar werden. Was brummst du, Onkel? Du meinst, ich werde im Zuchthaus enden? Wenn ich frivol wäre, könnte ich sagen, es genügt, das Zuchthaus zu streifen! Aber ich werde auch das vermeiden. Ich werde mich einfach an unsern alten Husarenspruch halten: »Durch! durch!« Hiebe rechts, Hiebe links ...immer weiter durchs Gewühl, bis man der Vorderste ist und freie Luft um sich hat.«

Der General wandte sich noch einmal um ...»Für mich bist du tot!« ...sagte er leise und drohend und stieg vorsichtig, von dem ihm leuchtenden Burschen geleitet, die knarrende Holztreppe hinab.

Georg sah auf die Uhr.

»Es ist Zeit, Kinder!« sagte er ...»um Mitternacht geht der Zug. Ich muß mich eilen. Du, Hanitz, ordnest wohl noch, was zu machen ist. Ich schicke dir meine Adresse von Berlin. Und nun laßt's euch gut gehen, liebe Leute ...tempelt nicht zu viel ...heiratet lieber ...zeugt Kinder ... eine ganze Stube voll kleiner Heerwaldte und Hanitze ...und schimpft nicht zu sehr, wenn im Kasino die Rede auf den seligen Textor kommt!«

Die Husaren drückten ihm schweigend zum letztenmal die Hand. Dann klirrten ihre Säbel draußen über die Treppe – Georg Textor war allein.

II

Jetzt erst erfaßte ihn, plötzlich und überwältigend, die Verzweiflung.

Er schaute im Zimmer umher, wie um sich zu überzeugen, daß ihn niemand belausche. Dann warf er sich jählings auf den türkischen Diwan neben sich nieder. Das Gesicht nach unten blieb er da lautlos liegen. Nur der Körper zuckte wie im Krämpfe und die Hände krallten sich von Zeit zu Zeit wütend in dem schweren, golddurchwirkten Stoffe fest.

Endlich richtete er sich wieder auf. Er war totenbleich geworden. Tränen standen in seinen Augen. In ratloser Wut, in dumpfem, ödem Grimme stierte er vor sich hin, als suche er jemanden, an dem er sich für all sein Leid und Unglück rächen könne.

Einerlei wen! Jetzt haßte er die ganze Menschheit. Sie hatten sich ja alle zusammen verschworen, ihn unglücklich zu machen: die Verwandten, die den Ruin des Vaters nicht hinderten, die schmierigen plumpen Geldmänner, in deren Wucherhände er geriet, die Kameraden, die ihn kaltblütig aus ihren Reihen stießen ...fort mit Schaden! ...hinaus in die Welt! ...schau, wo du unterkommst ...ja selbst die Freunde, in deren stummen Blicken er so deutlich die Bitte las, ihnen doch den kleinen Gefallen zu tun und sich totzuschießen!

Er lachte höhnisch auf. Bittere Wehmut löste sich aus seinem verzweifelten Trotze aus.

Nun war sie zerstört, die bunte Welt. In Trümmern lag alles vor ihm da. Und wie scheidendes Abendrot glimmte darüber die Vergangenheit. Braune und blonde Köpfchen nickten ihm aus dem Nebel verflossener Jahre, das fröhliche Summen des Rennplatzes schlug an sein Ohr, Hundegekläff und Hifthornklänge, die sehnsüchtig wiegenden Walzer des Ballsaals, Freundesstimmen im Lärm des Kasinos und im Geplauder auf einsamem Morgenritt ...das alles erklang wie aus, schwindender Weite und löste sich auf in ein graues Nichts...

Vorbei ...vorbei ...auf Nimmerwiedersehen!

Und nun?

Der Husar stand fröstelnd auf. Vor den Freunden hatte er es leicht gefunden, mit waghalsigen Zukunftsbildern zu spielen! ...Aber jetzt ...so allein ...und draußen die stille, stille Nacht...

Das schlimmste war eben: Er kannte ja das Leben gar nicht, in das ihn das Schicksal trieb! Seine Klugheit sagte ihm das zu deutlich. Die Welt des Genusses, der rauschenden Daseinslust, jawohl ...die war ihm vertraut, und wie ein Abglanz aller Freuden dieser Welt lag es noch jetzt über seinen blassen, leichtsinnigen Zügen.

Aber das Reich der Arbeit? In das muß man doch wohl eindringen, wenn man nichts mehr besitzt als ein dünnes Päckchen Hundertmarkscheine und einen ehrlosen Namen...

Dann hätte er freilich auch nach Amerika gehen und Trambahnkutscher unter spuckenden Yankees oder Koupletsänger in einer Music-Hall werden können!

Nein, das ging nicht. Aber wo sollte er bleiben? Ausgestoßen aus der Welt der Ritter und der Handelsherren – und doch so unendlich fern von all dem niederen Volk der Arbeiter und Krämer ...

»Natürlich arbeitet ein vernünftiger Mensch nicht *selbst*!« dachte Georg Textor bei sich ...» ...andere müssen das für einen tun! Das ist ja gerade der Witz, sie dazu zu bringen!«

Aber wie!

In Berlin mußte das doch irgendwie zu machen sein! Die Frage war nur, wo man Berlin an der richtigen Stelle anpackte? Er kannte ja nur seine glänzende Außenseite, die Rennplätze, ein paar Weinstuben Unter den Linden, ein halbes Dutzend Possenbühnen, Tingel-Tangel und Balllokale. Hier hatte er nirgends Geld verdienen sehen – es sei denn, daß man am Totalisator einmal gewann. Das mußte also an anderen Orten geschehen. Er hatte eine dumpfe Vorstellung, daß man vielleicht an der Börse operieren könne ...oder ein großes Geschäft in Häusergrundstücken machen ...oder irgendeine Erfindung verwerten ...oder sonst was...

Aber wenn er sich auch nie um die Angelegenheiten seines Vaters, des verschlossenen alten Patriziers, gekümmert hatte, so viel wußte er doch, daß es bei allen großen Spekulationen zum ersten hieß: »Tu' Geld in deinen Beutel!« Hat man Geld, so müssen die andern für einen arbeiten, ob sie wollen oder nicht.

Und er hatte sechshundert Mark! Oder mit anderen Worten nichts! Da mußte er wohl selbst für fremde Menschen zu schuften beginnen!

Wenn ihm das passierte? ...wenn er, der elegante Lebemann, tiefer und tiefer in der schmutzigen Welt der Lohnarbeit versank? ...Ihm schauderte.

Auf dem Tisch lag der Revolver. Die schwarzen Mündungen blinzelten ihm schläfrig zu.

Wenn er es nun doch täte? Anständiger war es ja!

Aber da regte sich in ihm wieder der Trotz. »Totschießen kann man sich immer noch!« sagte er laut, wie um einen quälenden Gedanken zu verscheuchen.

Dann trat er zur Türe, um nach dem Burschen zu klingeln und an die Bahn zu gehen.

Die Sporen klirrten leise auf dem Teppich. Er blieb stehen und stieß ein wildes Lachen aus.

Die Uniform! das hatte er ja vergessen ...die Uniform war ihm ja von jetzt ab versagt! Morgen schon konnte er, wenn er als Offizier verkleidet auf der Straße erschien, mit dem Strafgesetz in Konflikt kommen. Der verschnürte Blaurock, die Bärenmütze mit dem Kalpak, der klirrende Säbel, den Hunderte von einfachen Bauernburschen und Tagelöhnern drüben in der Kaserne trugen und zur Urlaubszeit voll Stolz im Heimatsdorfe prunken ließen, das alles war ihm, dem vornehmen Mann, von jetzt ab ein unerreichbares Ehrenkleid!

Also fort mit Schaden! In die Ecke mit dem Säbel ...aufs Sofa den Attila, irgendwo unters Bett die zierlichen gelbgeströmten Schaftstiefeln, daß nur endlich einmal dies verwünschte tückische Sporenklirren aufhört ...fort damit ...fort!...

Bequemer saßen ja der hechtgraue Bummelanzug und die leichten Lackstiefeletten und freier atmete man unter der rot- und weißgestreiften Hemdbrust. Georg Textor wurde ruhiger, während er sich vor dem Spiegel die buntseidene Krawatte knüpfte und den blaubebänderten Strohhut zurechtrückte. Da hatten sich nun die letzten Stücke seines bisherigen Daseins, glänzende greifbare Stücke, von ihm gelöst. Nun stand er ganz frei da, als ein Mann, der nichts mehr auf der Welt zu verlieren und alles zu gewinnen hat!

Das ist ein guter Standpunkt. Da braucht man nicht zu verzweifeln. Zum erstenmal lächelte er wieder verwegen vor sich hin und rief den Burschen.

»Packe den Koffer!« befahl er ...»...alles Zivil, was ich heute von der Reise mitgebracht hab', hinein! Sonst nichts! In einer halben Stunde bist du damit am Bahnhof! Ich geh' voraus! Ab!«

Er lachte, als er dem Burschen nachsah. Das war sein letzter Befehl gewesen.

Nun noch den seidengefütterten Sommerpaletot über den Arm ...eine Zigarette angezündet ...und los!

Die knarrende Holztreppe des alten Bürgerhauses hinunter und hinaus auf die Straße!

Dröhnend schlug das Haustor hinter ihm zu. Vor ihm lag die finstere, nur in der Ferne von ein paar unsicher glitzernden Lichtpunkten belebte Gasse. Einen Augenblick blieb er noch wie traumverloren stehen. Dann wanderte er, den Kopf zurückwerfend und mit dem Spazierstöckchen wippend, getrost in das ungewisse Dunkel hinaus.

III.

Natürlich war der Bursche mit dem Koffer erst im letzten Augenblick gekommen, als schon der D-Zug leise und vorsichtig in die Bahnhofshalle glitt.

Eine Minute Aufenthalt gönnte sich der eilige Zug nur. Georg hatte gerade noch Zeit, sich sein Gepäck in den Wagen reichen zu lassen. Dann schnitt das wiederbeginnende Rasseln der Räder ihm das Wort vom Munde ab.

Wozu auch dem Burschen viel sagen! Der Lümmel und die andere Mannschaft der Schwadron erfuhr es zeitig genug, daß der Leutnant Textor »seinen Abschied genommen habe«.

Da stand er nun in dem engen Gang des Rauchwagens erster Klasse. Natürlich erster Klasse! Hauptsache war es von vornherein, sich die Lebenshaltung im großen Stil zu bewahren und dadurch vor der Proletarisierung zu schützen!

Wie immer in nächtlichen D-Zügen waren alle Kupees dicht verhängt und die Lampen verhüllt. Er stieß auf Geratewohl das nächste Abteil auf. Die eine Seite des dämmernden Raumes war leer. Auf der anderen lag ein undeutliches, in Tücher und Decken gewickeltes, tiefatmendes Etwas.

Es schien eine Dame zu sein. Und jedenfalls eine alte. Denn ein einzelnes junges Mädchen konnte man nicht wohl im Rauchkupee erster Klasse vermuten. Um sie nicht zu stören, löste er sich draußen auf dem Gang die Platzkarte. Dann ließ er sich am Fenster nieder.

Nacht ringsumher. Am Himmel die Sterne. Vorüberflitzende Lichtpunkte auf der Erde. Und eintönig, unermüdlich das Rasseln des Zuges, Rattata ... Rattata ... immer wieder ... man konnte alle möglichen Worte und Melodien dem taktmäßigen Geräusche unterlegen, die dann in ewiger Wiederholung einschläfernd und gedankenlos ins Ohr drangen.

Da fuhr er nach Berlin ... Wie würde er es verlassen? Die Nacht draußen sagte ihm nichts und stumpfsinnig stampften die Räder.

Vielleicht als ein großer Mann, den Kammerdiener drüben in der zweiten Klasse, neben sich den Sekretär, mit dem er in der Muße der nächtlichen Fahrt die wichtigsten Telegramme und Schriftstücke erledigt?

Oder als ein geschlagener Mann, der wie ein wundes Wild sich nur noch irgendwohin in die Einsamkeit flüchtet, um dort ungestört zu verbluten?

Oder gar nicht? Von Berlin zermalmt ... aufgefressen ... spurlos verschluckt? Das war wohl das Schicksal der meisten.

»Aber ich gehöre nicht zu den »meisten«, dachte der kleine Sportsman tiefsinnig ...»...denn die meisten sind Esel, und ich glaube, doch über eine gewisse Gerissenheit zu verfügen. Neugierig bin ich jedenfalls, wie das nun wird!«

Und befriedigt lehnte er sich zurück, während draußen schon in raschem Grauen der frühe Sommermorgen tagte. Es wurde zusehends heller. Schon sah man die Lerchen sich über den Stoppeläckern wiegen und auf den hohen Getreidemieten in der Ferne lag schon ein Widerschein der in rötlichem Dunst am Himmel aufsteigenden Sonne.

Er blickte neugierig auf das schwer atmende Kleiderbündel ihm gegenüber. Einen gesegneten Schlaf hatte dies weibliche Wesen ... mochte es nun jung oder alt sein. Um so besser! Wenn sie erwachte, brauchte sie wahrscheinlich tausend Dinge und noch ein paar dazu! Er mußte dem Kellner wegen des Frühstücks klingeln, dem Kondukteur mitteilen, daß das Rundreiseheft vorläufig nicht zu finden sei, den Plaidriemen zuschnallen, im Hendschel nach den Anschlüssen suchen ... nein ... schlafe du nur immer zu!

Da fuhr sie plötzlich mit einem Ruck empor und starrte fassungslos und erschrocken um sich, als begriffe sie gar nicht, wie sie eigentlich in diesen D-Zug geraten!

Donnerwetter, wie hübsch! Er hatte Mühe, seinen gleichgültigen Gesichtsausdruck zu bewahren.

Nein ... nicht hübsch! Schön! ...

Freilich alles andere, nur keine langweilige, regelmäßige Schönheit.

Dunkles, vom Schlaf verwirrtes Lockenhaar um ein schmales, mattgetöntes Gesicht. Ein schwermütiges Zigeunerin-Gesicht mit großen, verträumten Augen und rotgewölbten Lippen, ...eine schlanke, mittelgroße Gestalt in tadellosem Reisekleid, lange zierliche Hände und Füße ...und über dem Ganzen die schwer zu bestimmende, unmöglich nachzuahmende kühle Vornehmheit der großen Welt.

Eine Dame der guten Gesellschaft! Er lüftete mit einer Verbeugung seine Reisemütze.

Sie nickte kurz, fast ohne ihn anzusehen.

Dabei unterdrückte sie ein Gähnen. Dann dehnte sie sich, die Ellbogen fest an den Leib gepreßt und die Unterarme ausstreckend, mit hochgezogenen Schultern wie eine verschlafene Katze und stieß einen müden Seufzer aus. Ihre Blicke glitten auf kurze Zeit durchs Fenster, als wollte sie sehen, an welchem Punkt des deutschen Vaterlandes sie nun eigentlich sei, und blieben dann in kühler Frage an ihm haften.

Das hieß: Sie könnten mich jetzt eine Weile allein lassen, damit ich mein Haar ordnen, meine sieben Sachen zusammenpacken und meine Hausschuhe mit den oben im Gepäcknetz, blinkenden Stiefelchen vertauschen kann.

Er stand auf und ging hinaus.

Auf dem Gang war es ganz leer. Er lehnte sich ans Fenster und schaute, wie draußen auf den Aeckern die Hasen im Frühlicht ihre Kapriolen trieben.

Komisch, wie fidel einen doch gleich der Anblick eines hübschen Mädels stimmt! Georg fühlte sich jetzt bedeutend besserer Dinge ...Das heitert einen richtigen Kerl auf! der sagt sich: Solange so was noch ungeküßt auf der Welt herumläuft, liegt gar kein vernünftiger Grund vor, sich totzuschießen!

Hoffentlich fuhr sie bis Berlin! Sicherlich! Wohin denn sonst? Da blieb man noch ein paar Stunden zusammen. Das konnte sehr amüsant werden!

Er schob die Glastüre etwas zurück. »Darf ich eintreten?«

»Bitte!« erwiderte sie gelassen und wandte, wie um den Versuch eines Gesprächs abzuschneiden, den Kopf zum Fenster. Er sah nur mehr die schwarzgelockten, seidenschimmernden Haarsträhnen, die kurzgeschnitten den Nacken umspielten.

Nein. Jetzt sah er auch wieder ihr Profil. Schöne, festgeschwungene Linien ...viel Energie darin ...und doch auch Weichheit ...etwas Verlangendes, etwas Schmachtendes. Sie hatte die Lippen fest zusammengepreßt, während sie hinausschaute. Ob in Angst oder Trotz oder gespannter Erwartung, das ließ sich nicht erkennen. Aber irgendetwas ging in ihr vor und beschäftigte unausgesetzt ihr Inneres. Das zeigte auch das schadenfrohe Lächeln, das von Zeit zu Zeit verstohlen über die schönen Züge lief.

Sie seufzte wieder, nestelte ihre winzige Uhr los und zog, sie anblickend, ungeduldig die Augenbrauen hoch. »Zu dumm! Erst fünf Uhr morgens!« konnte man auf ihrem Gesichte ablesen. Sie schien es sehr eilig zu haben, weiterzukommen.

Ein Königreich für einen passenden Gesprächsstoff! Leicht war der nicht zu finden und mit einer einmaligen kühlen Ablehnung wahrscheinlich das Schweigen für den Rest der Fahrt besiegelt.

Da sah sie schon wieder auf die Uhr!

Der Zug lief in eine große Bahnhofshalle ein. »Acht Minuten Aufenthalt!« rief unten der Schaffner.

Die blasierten D-Zugfahrer rührten sich nicht, um auszusteigen. Sie hatten ja alles in ihren Wagen. Aber auf deren Gang entstand eine Bewegung. Eine Türe nach der anderen wurde von einem rasch näher kommenden Manne aufgemacht, und eine Stimme rief eine monotone Frage hinein, die, wie es schien, stets mit schweigendem Kopfschütteln beantwortet wurde.

Jetzt ging ihre Tür auf. Ein Beamter stand da, ein Blatt Papier in der Rechten. »Depesche für Fräulein von Hoffäcker«, sagte er in fragendem Ton.

Die junge Dame richtete sich auf. »Geben Sie her!« sprach sie gleichgültig und streckte die Hand aus ...»...Ich bin Freiin Thea von Hoffäcker...« setzte sie, als der Telegraphenbote einen

Augenblick zögerte, hinzu ...»...Sie sehen ja da oben auf meinem Handtäschchen das T. und H. mit der Krone!«

Darauf erhielt sie die Depesche. »Hier!« rief sie, als sich der Mann schon wieder entfernen wollte, gab ihm eine Mark Trinkgeld und öffnete, ohne auf seinen Dank zu achten, das Papier.

Ihr Reisegefährte beobachtete sie dabei. Merkwürdig, wie kampflustig sie aussah! Die feinen Nasenflügel blähten sich und um die Lippen spielte ein Trotz, der jetzt, nachdem sie den Inhalt gelesen, in ein spöttisches Lächeln überging. Sie zuckte die schmalen Schultern, las die Depesche noch einmal durch und begann sie dann, mit offenbarem Behagen, in winzige Stückchen zu zerpflücken.

In diese Beschäftigung vertieft, bemerkte sie gar nicht, daß ein älterer, hochgewachsener Herr, der vom Bahnhof aus suchend durch den Gang geschritten war, bei ihrem Anblick stehen blieb und, den Zylinderhut abnehmend, eintrat.

»Nun ... Gott sei Dank!« sagte er und hüstelte, wie um eine Verlegenheit zu verbergen ... »...da sind Sie ja!«

»O ... Herr Regierungsrat!« Thea erhob sich und streckte dem steifleinenen Herrn die Hand hin ...»...So früh schon auf? ...doch hoffentlich nicht um meinetwillen? ...oder hat Ihnen mein Onkel am Ende wirklich telegraphiert?«

»Gewiß hat er das!« erwiderte der Bureaukrat ...»...Da er aus Ihrem hinterlassenen Schreiben wußte, daß Sie sich in diesem Zug befanden ...doch davon später...« er gab seinem hageren Leibe einen straffen Ruck ...»...vor allem steigen Sie jetzt aus, Fräulein Thea, und begleiten Sie mich zu meiner Frau!«

»Ich? ...aussteigen?« Thea schien verwundert ...»ja ...ich fahre doch nach Berlin!«

Der Fremde machte eine ungeduldige Handbewegung. »Liebes Kind...«, sagte er ...»...Sie fahren nicht nach Berlin und nicht zu Ihrem Vater, sondern folgen den Leuten, die es wohl mit Ihnen meinen, nach...«

Sie setzte sich hin und lehnte träumerisch den Kopf in die Ecke. »Ich folge nicht...« sprach sie gleichmütig ...»...ich denke nicht daran.«

Jetzt nahm der Regierungsrat seine starre Amtsmiene an: »Sie werden überhaupt nicht gefragt, Fräulein von Hoffäcker...«

»Oho!« Sie fuhr auf und sah mit blitzenden Augen zu ihm empor...

»...Sondern zu Ihrem eigenen Besten vor der Fortsetzung dieser Reise bewahrt...«

Eine feine Zornröte begann sich über ihre schönen Züge zu breiten. »Wollen Sie mich etwa aus dem Wagen heraustragen lassen, Herr Regierungsrat?«

»Sie nicht! ...Aber Ihr Gepäck!« erwiderte der alte Herr kaltblütig ...»Ich hole meinen Diener vom Perron! Auf Wiedersehen!«

Er ging. Sie sah ihm einen Augenblick ganz fassungslos nach. »Das ist ...aber ...doch« murmelte sie verstört, und plötzlich gewann der Zorn in ihr wieder die Oberhand. Sie stand auf. »Mein Gepäck gehört doch mir...« rief sie entrüstet. »...Das brauch' ich mir doch nicht gefallen zu lassen! So ein Gesetz gibt es doch nicht, daß man plötzlich von fremden Leuten aus dem Zug gerissen wird...«

»Kein Schatten!« Der Ex-Husar sprang kampflustig empor ...»...Wehren Sie sich, meine Gnädigste! Wehren Sie sich! Der alte Herr hat bitter unrecht!«

Sie wandte den Kopf zu ihm, ohne eigentliches Erstaunen über seine Einmischung. »Da kommt er mit dem Diener zurück!« sagte sie beklommen.

»Der Diener, dieser würdige Tapergreis, wird niedergeboxt...« Georg streifte mechanisch die Manschetten etwas zurück ...»...wenn er auch nur von ferne mit Ihrer Bagage liebäugelt!«

Sie wehrte ihm ab. »Um Gottes willen keine Szene, solange es irgend geht! Es genügt schon, wenn ich nur irgendeinen Rückhalt hinter mir hab'...« Damit trat sie dem alten Herrn entgegen. »Also nun Scherz beiseite!« sagte sie freundlich lächelnd ...»...ich steige nicht aus, gebe mein Gepäck nicht her und verteidige mich mit allen Mitteln! Die Beamten und die Mitreisenden –« ihr flüchtiges Auge streifte Georg –»werden mich schon schützen!«

Das ging dem alten Herrn denn doch über den Spaß. Er warf einen zweifelnden Blick auf den gichtbrüchigen Diener, der wehmütig den Graukopf schüttelte. »Reden wir vernünftig, liebes Kind!« sagte er ...»Sie wissen ...ich bin ein alter Freund Ihrer Familie ...ich mein' es gut ...also seien Sie offen: was wollen Sie denn nur eigentlich in Berlin?«

»Was ich will?« Sie machte große Augen ...»...zu meinem Papa will ich! ...Das ist doch mein natürliches Recht! Meinen lieben, dicken, alten Papa lass' ich mir nicht nehmen!«

Der Regierungsrat seufzte. »Sie haben doch auf seinen ausdrücklichen Wunsch vor anderthalb Jahren sein Haus in Rhena verlassen!«

»...Und mich in Posen beinahe zu Tode gelangweilt! Kennen Sie Posen? Nein? Seien Sie froh! Aber meinen Onkel kennen Sie und die Seinen! Nun denken Sie *mich* in der Mitte dieser biederen Familie! Oh ...es war furchtbar!«

»Und doch hat Ihr Vater Sie stets gebeten, dort zu bleiben!« wiederholte der alte Herr hartnäckig.

Sie seufzte: »Freilich ...solange er auf Reisen war ...das ganze Jahr ...Aber jetzt ist er in Berlin. Jetzt such' ich ihn heim, er mag wollen oder nicht! Es war doch immer so lustig bei Papa! Denken Sie nur an all die fidelen Menschen in unserem Hause in Rhena ...und die schönen Pferde ...und das ewige Getümmel ...das heißt doch noch leben ...hingegen dort...«

Der Bureaukrat wiegte traurig sein Haupt. »Also *das* zieht Sie zu Ihrem Vater?« fragte er leise.

Sie lachte hell auf: »Ich will leben!« rief sie ...»...ich kann doch nichts dafür, daß die Natur solch einen Springinsfeld aus mir gemacht hat ...Sehen Sie mich doch nur an ...sehen Sie mich an...« wiederholte sie flehend ...»...und dann sagen Sie...«

»Ich sehe Sie ja an!« Der alte Herr schien halb ärgerlich, halb belustigt ...»so unangenehm ist das ja nicht...«

»...Und dann sagen Sie mir...« fuhr Thea unbeirrt fort: »ob ich zu einer biederen Hauptmannsfrau in einer kleinen preußischen Garnison passe? Nein ...widersprechen Sie nicht ... Heiraten sollt' ich in Posen! ...Heiraten um jeden Preis! Deswegen wurde ich hingeschickt! Onkel und Tante waren darin zum ersten und letztenmal in ihrem Leben einig, daß ich vor Ablauf des Jahres unter die Haube müßte! ...Gott ...Anträge hatt' ich genug ...sogar von einer Exzellenz...«

»Und Ihr Bräutigam?« fragte der Regierungsrat ernst.

Sie fuhr zornig auf. »Ich bin nicht verlobt! Der Hauptmann Klein hat mich beschworen, ich sollte wenigstens nicht gleich »Nein« sagen. Gut. Den Gefallen tat ich ihm, sagte nicht ja und nein ...und er sollte sich in vier Wochen die Antwort holen. Aus reiner Gutmütigkeit gab ich ihm die Galgenfrist, um ihn zu schonen! Und daraus machen Onkel und Tante eine Verlobung! Nur um mich zu zwingen! Aber das hat dem Faß den Boden ausgeschlagen. Eines schönen Abends das Kofferchen gepackt, ein paar Abschiedszeilen...und *me voilà!*«

Sie lehnte sich in dem Sitze zurück und sah ihren Gegner triumphierend mit gekreuzten Armen an.

»Und warum sollt' ich den Hauptmann Klein heiraten?« fuhr sie fort ...»...weil er eine Menge Geld hat. Lieber Gott ...ich bin doch auch 'ne gute Partie! Und Frau Klein! Ueberlegen Sie mal: ich soll Frau Klein heißen ...und Hauptmannsfrau werden ...mit 'ner Stube voll Kinder und dem Aerger mit dem polackischen Burschen und alle vier Wochen den Regimentskaffee ... in der Mitte vom Sofa die Kommandeuse, rechts davon die Etatsmäßige, links die älteste Majorin ...und ich bescheiden auf dem Strohstühlchen davor und warte, ob die Vogelscheuchen vom Avancement oder von den Dienstboten zu reden anfangen...« sie lachte hell auf, mit einem fröhlichen, sorglosen Kinderlachen ...»...nein ...mein gutes Onkelchen ...wissen, Sie, als kleiner Knirps hab' ich Sie immer so genannt, wenn ich auf Ihren Knien saß und aus Ihrem Schnurrbart Zöpfchen flocht ...nein ...Onkelchen ...man muß die Menschen nehmen, wie sie sind. Wer Rasse im Leib hat, der geht in dieser lauwarmen Wohlerzogenheit dort zugrunde, und ich wehr' mich mit Händen und Füßen dagegen.«

Ihre Worte schienen doch einigen Eindruck auf den alten Herrn gemacht zu haben.

»Mein liebes Kind!« sagte er ...»...ich bitte Sie nur um eins: fahren Sie mit dem nächsten Zuge weiter! Schenken Sie mir ein paar Stunden. Ich werde Ihnen dann ...dann etwas erzählen, was ich Ihnen nicht so ohne weiteres sagen kann ...Sie hätten es vielleicht schon früher wissen sollen! ...Nun ...das stand nicht bei mir! Jetzt aber...«

Sie schüttelte lächelnd das Haupt: »Den Kniff mit dem Aussteigen kenn' ich, Onkelchen! Aus den paar Stunden werden ein paar Tage, inzwischen kommt der Major aus Posen an ...ich werde eingeheimst und die alte Misere beginnt von neuem ...Nein ...so leicht fangen Sie mich nicht. Ich fahre weiter ...nach Berlin ...zu Papa. Ich hab' ihm telegraphiert. Er erwartet mich jedenfalls am Bahnhof!«

Draußen ertönte das Abfahrtszeichen. Der Schaffner trat mahnend heran. Mit ihm Georg, der diskret das Coupé verlassen, aber draußen auf dem Gang doch jedes Wort des erregten Gesprächs gehört hatte.

Der alte Herr drinnen hatte beide Hände auf die Schultern des jungen, Mädchens gelegt und sah ihr traurig in das leichtfertig lächelnde Gesicht.

»Arme Thea!« sagte er leise ...»...arme Thea! ...Sie wissen nicht, wohin Sie fahren! Mög' es Ihnen so gut wie möglich ergehen! Es tut mir von Herzen leid, daß ich Sie nicht zurückhalten darf!«

Sie lachte mutwillig auf. »Sehen Sie ...da scheiden wir doch noch als gute Freunde! ...Und nun...« sie nestelte an den Knöpfen seines Rockes und sah mit strahlenden Augen zu ihm empor ...»...nun gestehen Sie mir zum Abschied: Sie danken ja innerlich Ihrem Schöpfer, daß Sie mich Hurlebusch nicht ins Haus bekommen haben mit all dem Aerger drum und dran...«

Ein leises Zucken ging durch den Zug. »Mein Herr ...ich muß dringend bitten...« Der Schaffner öffnete die Wagentür und ließ den alten Herrn samt dem wackeligen Diener hinaussteigen.

Thea schob das Fenster herunter. »Ich schreib' Ihnen einmal aus Berlin, wie mir's geht!« rief sie ...»...und meinem Onkel sagen Sie, die Flucht wäre mir bis jetzt ganz ausgezeichnet bekommen!«

Der Zug glitt aus der Halle. Sie mußte den Kopf hereinziehen. Sich in dem Sessel zurückwerfend, schaute sie ihr Gegenüber an, und beide lachten unwillkürlich hell auf.

»Sind noch mehr Garnisonen unterwegs alarmiert, mein gnädiges Fräulein?« scherzte der Ex-Husar.

»Möglich wär's schon!« seufzte sie empört ...»...das nennt man eine Reise mit Hindernissen!«

»Schneidig genommene Hindernisse! Und im Notfalle steh' ich im Hintergrund. Wenn eine unbefugte Dienerfaust Ihre Koffer anrührt ...Tritt vor den Leib! Ab nach Kassel!...«

Der Kellner servierte den Kaffee. »Ich habe mir nämlich erlaubt, gleich zwei Porttonen zu bestellen!« bemerkte der kleine Sportsman bescheiden ....»Nach all den Aufregungen..« »Danke. Ja.« Sie führte vergnügt die Tasse zum Mund. »Das heißt...« Ihr Gesicht wurde ernster, als sie die Schale wieder absetzte ...»...Ich bin Ihnen doch eigentlich wohl eine Aufklärung schuldig ...Sie haben da plötzlich einen Einblick in meine Familie und meine Angelegenheiten gewonnen...«

Er hielt es an der Zeit, sich vorzustellen, und reichte ihr, sich erhebend, mit schweigender Verbeugung seine Visitenkarte. Auf der stand freilich auch noch seine militärische Würde verzeichnet. Aber darauf kam es ja auch in diesem Augenblicke nicht an.

Sie warf einen flüchtigen Blick auf das Blatt und gab es ihm wieder. »Sie müssen ja allerhand denken, Herr Leutnant,« sagte sie, und es berührte ihn, während er sich setzte, ganz eigen, noch einmal, zum letztenmal, gerade von diesen roten Lippen als Leutnant angeredet zu werden ... »...aber eigentlich ist die Geschichte ganz einfach. Ich war jetzt ein Jahr bei Verwandten in Posen und fahre, allerdings gegen deren Willen, zu meinem Vater, dem Kammerherrn und Rittergutsbesitzer Freiherrn von Hoffäcker zurück.«

Er verbeugte sich nochmals, um für ihre Vorstellung zu danken, und goß ihr das Kaffeetäßchen halbvoll.

»Das heißt ...eigentlich...« fuhr sie fort ...»...das Rittergut hat er verkauft ...vor einem Jahr. Das war auch besser bei der jetzigen Notlage der Landwirtschaft.«

Er lächelte über den heiligen Ernst, mit dem sie das große Schlagwort des Tages aussprach. »Gewiß,« sagte er, …»ein Kammerherr hat ja in Berlin auch zuzeiten seinen Dienst!«

Sie schüttelte den Kopf. »Nein. Preußischer Kammerherr ist Papa nicht. In Rhena …bei dem alten Herzog! Es ist ja eine kleine Residenz …so lustig wir auch da gelebt haben …Papa ist schon lange verwitwet …wissen Sie …und da ging es oft ein bißchen bunt bei uns zu …– nun …und der Herzog ist recht kränklich geworden. Da entschloß sich Papa, Rhena zu verlassen, ging erst auf Reisen und lebt jetzt in Berlin.«

»Ich gehe jetzt auch auf einige Zeit nach Berlin!« sagte Georg.

Sie lachte. »Das brauchen Sie mir nicht erst zu sagen! Das hab' ich Ihnen auf den ersten Blick angesehen, daß Sie ein Kavallerieleutnant sind, der nach Berlin bummeln fährt…«

»Also so unsolide sehe ich immer noch aus?« fragte der kleine Sportsman bekümmert.

Sie prüfte ihn und nickte dann. »Ehrlich gesagt: Ja. Recht unsolide! Aber was macht denn das? Ich nehm' es keinem Mann übel, wenn er sein Dasein genießt. Wir freilich …manchmal wünsch' ich mir, ich wäre ein Mann! Aber dann sage ich mir wieder: Gute Thea …dann wärest du ja ein solcher Bummelfritze geworden, daß es mit dir kein gutes Ende nehmen kann! Bleib' du, was du bist …'s ist besser! …Und nun lachen Sie nicht, sondern stecken Sie sich eine Zigarette an. Danach sehnen Sie sich ja doch schon die ganze Zeit!«

Er tat es, unter der Bedingung, daß sie einen Schluck Kognak in ihren Kaffee nehme. Das müsse so sein …nach einer nächtlichen Eisenbahnfahrt. Sie ließ es geschehen. »Wie das wärmt!« sagte sie, sich behaglich schüttelnd, und gab ihm sein Fläschchen zurück.

Er fand das auch. In lichtroten Strahlen fiel die Morgensonne auf den sauber gedeckten, kleinen Frühstückstisch. Unter ihm rasselten die eilfertigen Räder, die Sommerlandschaft draußen flog in blühender Pracht vorbei, der Kaffee dampfte, die Zigarettenwölkchen kräuselten sich darüber – und ihm gegenüber saß in dem behaglichen, glashellen Kämmerchen die schöne, seelenvergnügte Nachbarin – welch eine Torheit, diese Welt zu verlassen!

Wenn er nun den Leuten in der Garnison den Gefallen getan hätte! Dann mochte ihn jetzt wohl der Bursche finden …lang auf dem Boden ausgestreckt …mit geballten Fäusten und offenem Mund …und Blut ringsum …und Hirn, und in den Ecken kalter, stinkender Pulverqualm …äh …pfui! …Georg Textor streifte die Asche von der Zigarette und sah hinaus zu dem blauen, warmen Himmel, an dem in dunklen Punkten die Lerchen sich jubilierend schwangen.

»Was machen Sie denn für ein ernstes Gesicht, Herr Leutnant?« fragte sie über den Tisch herüber.

Er wich ihrem Blick aus. »Oh …ich dachte nur an etwas!«

»Denken Sie nicht zuviel!« lachte sie …»wofür sind Sie denn Husarenoffizier!« Sie hatte den Kopf etwas vorgeneigt, um ihm im Lärm des Wagens die kleine Bosheit mitzuteilen. Auch er beugte sich nach vorn. Ihre Stirnen berührten sich fast, während sie so im Sonnenschein dasaßen und sich allerhand harmlosen Unsinn mit ernster Miene erzählten. Namentlich der alte Regierungsrat und sein trübseliger Diener wurden im Laufe ihrer gegenseitigen Schilderungen zu wahrhaft ungeheuerlichen Figuren. Und dann lehnten sich die beiden wieder zurück und lachten hell auf, daß die verschlafenen, verdrießlichen Reisenden nebenan das lustige Paar beneideten. Unter ihnen aber donnerten die Räder ihr einförmiges »Rattata«, die Landschaft draußen flog vorbei, in rastlosem Laufe näherte sich der Eilzug Berlin…

Aus der Ferne winkten die Rennplätze von Hoppegarten und Karlshorst mit den Villen der Sportsmen, den Boxes und Häuschen der Trainer …Vorbei an Friedrichshagen …schon ragt da und dort aus dem flachen Ackerland der mächtige Bau einer Mietskaserne, aus dem Gewimmel schmutziger Fabrikdächer heben sich die ersten Schornsteine zu dem sich mehr und mehr umwölkenden Himmel. Windschiefe Bauernhütten, die des Abbruchs harren, säumen, von Nutzgärten umrahmt, den Bahnkörper, zwischen ihnen, sie fast mit ihrer Masse erdrückend, die Kolosse der Zinshäuser. Größer und größer wird ihre Zahl, sie schließen sich zu endlosen, einförmigen Straßen aneinander, die Fabriken rücken zusammen. Ueberall dehnen sich die schmutzigen Lagerplätze, die Bauflächen, die düstern Höfe. Ein Gewirr grauer Mauern, grauer Dächer, geschwärzter Schornsteine, erblindeter Fenster ringsumher, dazwischen in widrigem, schreiendem Kontrast die bunten Riesenflächen der Reklame-Plakate an fensterlosen Brandmauern. Die Sonne war hinter Wolken geschwunden. Farblos sah alles in der nüchternen, frostigen Morgenluft aus. Häuser und immer wieder Häuser, seelenlose, charakterlose Heimstätten für dunkle, unbekannte Massen, Bahnhöfe und Kasernen, Fabriken mit rauchigen Maschinensälen und ölig spiegelnden Tümpeln im Hof, halb unterirdische Grünkramkeller, zerschlissene Wäsche und dumpfiges Bettzeug an den Fenstern der Hinterhäuser, und auf den Straßen überall ein schwarzes Gewimmel, das hier die sich schwerfällig öffnenden Fabriktore, dort mit emporrollenden Holzjalousien die Kaufläden, da wieder die Lattenzäune der Neubauten verschlangen. »Arbeit! Arbeit!« schien es rastlos im Rollen des Zuges aus dieser grauen Welt zu klingen. Und »Not! Not!« tönte dumpf von der andern Seite das Echo dagegen.

Sie waren im Bahnhof Friedrichstraße. Thea schaute erregt durchs Fenster. »Da ist Papa!« jubelte sie, und dann förmlich, mit leichter Kopfneigung zu ihrem Reisegefährten: »Leben Sie wohl!«

Ein Dienstmann hatte ihr Gepäck gefaßt. Sie huschte hinter ihm her aus dem Wagen. Georg Textor wollte ihr nachsehen. Aber andere Kofferträger drängten sich herein, die Menschenmengen draußen fluteten und wogten, und trennend schob sich das Getümmel der Weltstadt zwischen die beiden.

IV.

Jawohl, da stand der dicke, gute Papa! Schon aus der Ferne leuchtete das joviale Burgundergesicht, das – sorgfältig wie immer zur Seite gebürstet und gekräuselt – die eisgrauen Favoris umrahmten. Der schwarzgefärbte Schnurrbart, unternehmend aufgespitzt, direkt zu den kleinen, listig zwinkernden Augen hinauf, das goldene Pincenez, der hechtgraue Zylinder, weit auf die von spärlichen Haarstreifen überspannte Glatze zurückgeschoben, ein jugendlich-heller, nonchalanter Sommeranzug um die hohe, korpulente Gestalt, die spitzen Lackstiefel, der Bambusstock mit Goldknopf, das kokett aus der Brusttasche schauende Eckchen bunten Seidentuchs, das feine Parfüm von Kölnisch Wasser und Zigaretten ... alles wie sonst.

Nur ein bißchen röter im Gesicht war er geworden, der gute Papa ... beinahe gedunsen. Und in seinen Augen lag ein wässeriger Glanz. Nun – das war die Freude des Wiedersehens ...

»...Aber Kind...« weiter konnte er nichts sagen, während ihm das schöne Mädchen lachend an die Brust flog...»...aber Kind...« Er brach wieder ab und schluckte ein paarmal heftig, wie um seine Rührung zu verbergen. Ein seltsames Lächeln, halb glücklich, halb verzweifelt, lief über seine gutmütigen Züge. Und dann hub er von neuem an, mit verlegen schwankender Stimme, durch die doch die Rührung durchzitterte: »...aber Goldkind ... was sind das für Sachen!«

Sie lachte mutwillig auf, schlüpfte mit ihrem Arm in seinen und schritt neben dem stattlichen alten Herrn, dem sie kaum bis zur Schulter reichte, dem Ausgang zu.

»Die Standpauke kommt erst später, Papa!« sagte sie, mit dem Finger drohend ...»...in ein paar Tagen will ich sie über mich ergehen lassen, wenn ich mich erst hier eingelebt und Posen vergessen hab’ ...denn nun wirst du mich nicht mehr los ...das sag’ ich dir gleich...«

»Ich hab’ dir auch was mitgebracht,« plauderte sie fort, da der Kammerherr nichts erwiderte ... »...rate einmal: Eine Flasche feinstes Danziger Goldwasser ...weil du doch gern vor Tisch dein Gläschen trinkst ...auf dem Weg zum Bahnhof hab’ ich’s noch gekauft und im Arm wie ein kleines Kind davongetragen ...als Versöhnungsgeschenk ...weißt du...«

Ihr Vater blieb stehen. »Aber Herzchen ...woher hattest du denn zu dem allen das Geld?«

»Gespart!« Seine schöne Tochter sah ihn stolz an ...»...fünfzig Mark hab’ ich gespart. Jetzt ist noch eine davon übrig. Die kriegt der Kofferträger.«

Der alte Herr seufzte leise vor sich hin und wandte sich zu dem Dienstmann hinter ihnen. »Tragen Sie das Gepäck zur Paketfahrt,« befahl er mit seiner knarrenden Grandseigneur-Stimme und fuhr, zu Thea gewendet, fort: »die Kerle besorgen den Koffer umgehend in die Wohnung und wir sparen die Frühdroschke. Es ist nicht weit!«

»Wir sparen die Droschke!« Thea stand ganz erstaunt da, während der alte Herr die Sache an der Barre der Packetfahrt ordnete. Papa und sparen! Das war das Neueste. Aber wenn es ihm Spaß macht ...Sie nickte ihm zu, als er zurückkam ...»...ich trete mir gerne die Beine ein bißchen aus nach der langen Fahrt!«

So gingen sie langsam die Friedrichstraße entlang bis zu den Linden.

Noch trug die vornehme Avenue nicht ihr Feiertagsgewand. Das Volk der Arbeit belebte sie ausschließlich in dieser frühen, kühlen Morgenstunde. Verschlafene Kommis, gähnende Hausdiener, eilig frisierte Ladenmädchen, auf dem Fahrdamm die Milchwagen, die Gefährte der Müllabfuhr, die Kolonne der Straßenfeger, da ein Schutzmann, in seinen Mantel gewickelt, auf regungslosem Roß, zerlumpte Zeitungsträgerinnen, Maurergesellen, graues Volk unter grauem Himmel – unwillkürlich beschleunigte Thea ihre Schritte. Dieser erste Anblick von Berlin befriedigte sie nicht.

Der alte Herr aber ging immer langsamer, während sie die andere Seite der Friedrichstraße erreichten und bald in eine Seitenstraße einbogen. Ein, zweimal blieb er sogar stehen, warf einen unsicheren Blick auf seine Tochter und setzte dann mühsam die etwas zittrigen Beine wieder in Bewegung.

»Wie komisch!« sagte Thea und sah mit ihren glänzenden Augen nach rechts und links ... »...Da ist man plötzlich wie in einer kleinen Stadt! Die enge, holperige Gasse ... und die niedrigen, alten Häuser ... das macht alles so einen verwahrlosten Eindruck ... so wie vor hundert Jahren ...«

»Das ist die Mauerstraße ...« erwiderte der alte Herr und dann, mit einem plötzlichen Entschluß ... »...da wohne ich, mein Kind!«

»Hier, Papa?«

»Nun ... es ist sehr ruhig hier ... das ist für einen alten Mann wie mich angenehm ... und dann ... die Mieten in Berlin, liebe Thea ... die Mieten sind ja entsetzlich teuer ...«

»Aber doch nicht da?« Sie wies entsetzt auf das Haus, vor dem er stehen blieb.

Es war eines der ältesten und unscheinbarsten. Kleine Fenster in einer schmutzigen, vielfach vom Bewurf entblößten Wand. Unten ein Schusterkeller, und an einem Treppenvorbau ein Wildprethandlung, dazwischen ein großes, offenstehendes Einfahrtstor. Verwitterte Papptafeln hingen schief um dies Portal und gaben den Vorübergehenden kund, daß im zweiten Vorderstock möblierte Zimmer, im Hinterhaus Schlafstellen an solide Arbeiter zu vergeben seien. Durch die Torwölbung sah man auf den Hof des Hinterhauses. Ein paar Metzger hantierten da in einem hallenartigen Raum an einer Hirschkuh herum und zogen dem beinahe pferdegroßen Tier das Fell ab. Daneben stand ein blutbespritzter Wagen.

»Aber Papa?« Thea begriff das nicht. Sie hatte sich unwillkürlich so etwas wie ihr schmuckes, parkumgebenes Schlößchen in Rhena vorgestellt ... und nun dies finstere, rauchige Gebäude ... wie ging denn das nur zu?

Der alte Herr nickte. »Komm nur!« sagte er Und trat ein, ohne sie anzusehen ... »...ich bewohne schon seit einem halben Jahr den ersten Stock hier ... und bin eigentlich ganz zufrieden ...«

Die letzten Worte sprach er so unsicher und leise, daß das Knarren der Holztreppe sie fast verschlang. Es war eine steile, dunkle Treppe mit abgerissenem Geländer und beschmutzten Stufen. An ihrem ersten Absatz stand die Tür zur Wohnung links weit offen.

»Da wären wir zu Hause«, sagte der Kammerherr schwer atmend und schob Thea sanft in den engen Flur hinein. »Und hier« ... er stieß eine Türe auf ... »...hier hab' ich vorderhand das Nötigste für dich richten lassen.«

Es war ein kleines, nach dem Hofe zu gehendes, aber ganz behaglich eingerichtetes Zimmer. Thea ließ sich auf einen Stuhl sinken und sah stumm zu ihrem Vater empor.

Der ging in dem bescheidenen Raume auf und ab und rückte, anscheinend zwecklos, dies und jenes zurecht. »Eigentlich ist es das Zimmer meiner Haushälterin ...« er beugte sich gleichgültig über den Schreibtisch, um etwas Staub mit dem Seidentuch zu entfernen ... »...aber ich habe die Person gestern abend entlassen. Es traf sich gerade so. Sie war frech und diebisch. Schließlich kann man auch im Restaurant essen. Und die Aufwartung wird Frau Kautz, die Frau von dem Schuster unten, gern besorgen!«

Das war ihr Papa? ... der sonst einen eigenen Kammerdiener nur für sich und seine zahllosen kleinen Bedürfnisse brauchte? ... Er, der Grandseigneur, in diesem Hause, von einer Schustersfrau gewartet ...?

Sie stand auf. »Du hast wohl viel Geld verloren in letzter Zeit, Papa?« fragte sie verstört.

Der alte Herr nickte trübe: »...siehst es ja, mein Herzchen ... siehst es ja! ... Nun ... zum Leben langt's ja noch ... ich lass' dich jetzt allein ...« er ging, wie um weitere Erörterungen abzuschneiden, zur Schwelle ... »...wenn du fertig bist, so mache nur die Türe gerade gegenüber auf ... da bin ich!«

Sie öffnete ganz mechanisch die kleine Reisetasche, die sie in der Hand vom Bahnhof mitgetragen, und nahm das Nötigste heraus. Viel zu machen war ja nicht, ehe nicht die Koffer kamen. Uebrigens ... die Haushälterin schien recht kokett gewesen zu sein! Ein hübscher, spitzenumrahmter Frisierspiegel mit drehbaren Seitenkerzen ... vornehm sah es ja nicht aus, aber es zeugte doch vom Streben nach Raffinement ... Sie wunderte sich, daß sie das alles überhaupt merkte ... in, diesem Augenblick ... aber sie fühlte sich wie betäubt ... sie nahm die Eindrücke willenlos auf, wie sie kamen.

Es litt sie nicht in dem einsamen Zimmer. Nach kurzer Zeit trat sie gegenüber bei ihrem Vater ein.

Welch ein seltsamer Raum! Ein großer Tisch in der Mitte, ganz bedeckt mit allerhand Zeitungen, Papieren und Schriftstücken. Dazwischen eine Leimflasche mit einem Pinsel darin und eine mächtige Schere. Nebenan ein Papierkorb. An den Wänden schief festgenagelt die Bilder siegreicher Rennpferde, wie sie als Beilage in Sportblättern erscheinen. Sonst nur ein alter Lehnstuhl und ein Paar Strohsessel in dem von Zigarettendampf durchqualmten Gemach.

In diesem unwirtlichen Zimmer saß der Kammerherr an dem großen Tisch. Er hatte einen Fez schräg auf dem Kopf, die Zigarette schief im Mund und schrieb mit unsicheren zittrigen Zügen einen Bogen Papier voll.

Seine Tochter blieb an der Türe stehen.

»Was machst du denn da, Papa?« fragte sie scheu.

Der alte Herr drehte sich im Sessel um. »Ich redigiere, Kind ... aber komm' nur näher! Du störst nicht. Es hat Zeit!«

»...Ja ... was redigierst du denn?«

»Da ist die letzte Nummer!« Er reichte ihr ein Heft herüber.

»...Paprika! ... Wochenblatt für Witz und Humor...« las sie ... »und das gibst *du* heraus, Papa...?«

»Herausgeber bin ich freilich!...« Der Kammerherr legte die Feder beiseite und wischte sie mit einem Läppchen aus ... »...aber der wahre Besitzer ... das ist ein Geldprotze und Aussauger ... ein Mensch namens Heinlein ... ein Individuum, das überhaupt nicht orthographisch schreiben kann! Da muß ich schon einspringen und ihm die Sache deixeln...«

»Ja ... zahlt er dir denn was dafür?«

Der alte Freiherr lachte dröhnend auf und stich eine mächtige Tabakswolke in die Luft. »Ich soll's ihm wohl noch umsonst tun ... diesem ... ah ... da ist ja die Frau Kautz!«

Eine ältere, sauber gekleidete Frau trat, ein Kaffeegeschirr in der Hand, ins Zimmer. »›Morjen ooch‹, Freilein!« sagte sie freundlich und wandte sich, ohne darauf zu achten, daß Thea ihren vertraulichen Gruß kaum mit einem hochmütigen Nicken erwiderte, zu dem Baron. »Draußen steht der Herr Steudel ... der Tanzmaitre aus der Oranienstraße ... und will 'rin...«

Der Kammerherr stand ärgerlich auf. »Trink' deinen Kaffee nebenan, Thea!« bat er, ... »Es ist da ein Geschäftsfreund ... ich muß ihn wohl empfangen ... man hat ja keine Ruhe in Berlin...«

Damit schob er seine Tochter in den kleinen Nebenraum, der ihm als Schlafzimmer diente, stellte ihr den Kaffee hin und zog eine verschlissene Portiere vor die Tür.

Allein geblieben, sah sie sich in dem Kämmerchen um. Auch hier nur das allereinfachste Mobiliar ... Bett ... Waschtisch ... ein paar Stühle ... ein Kleiderschrank ... knapp, was der Mensch zum Dasein braucht. Als einziger Luxusgegenstand ein zerlesener französischer Roman auf dem durcheinandergewühlten Bett.

Da klangen von innen Stimmen.

Durch eine Spalte in der Portiere erblickte sie einen bleichen, mit geschmackloser Eleganz gekleideten jungen Menschen. Sein Gesicht sah verlebt und vulgär aus.

Ihr Vater saß ihm gegenüber und rechnete. Einige Goldstücke lagen auf dem Tisch.

»Also zwanzig auf Kirawedda!« Er kritzelte in seinem Notizbuch ... »...je zehn auf Sir John und The Screw ... das ist für Ihre Damen ... und für Sie selbst zwanzig auf Vesuvia Sieg ... und fünfzig Goldelse Platz...« er zählte das Geld nach ... »stimmt! ... Machen wir, mein lieber Herr Steudell«

»Na ... sehen Sie ... da haben Sie gleich 'n paar Märker verdient...« lachte der Talmistutzer ... »...unsere Damens sind gute Kunden. Verstehen nischt von Pferden und wetten wie doll! ... Na. Mahlzeit, Herr Baron!«

»Mahlzeit, Herr Steudell«

Thea steckte ihren blassen Kopf durch die Portiere. »Papa ... wer ist denn das?« fragte sie angstvoll.

»Das?« Der Kammerherr brummte etwas Unverständliches vor sich hin ... »...ein reicher junger Bengel, Thea ... interessiert sich für Rennen...«

»...Ich dachte ...er wäre Tanzmeister ...oder so was...« stammelte sie. Aber ehe ihr Vater ihr noch antworten konnte, öffnete sich die Türe außen ohne vorheriges Anpochen, und ein gemeiner Soldat, der Musketier eines schlesischen Infanterieregiments, trat ein. Ohne seine Mütze abzunehmen, reichte er dem alten Herrn ein Zehnmarkstück und eine Anzahl Nickel mit einem Zettelchen hin. Der las es und nickte. »Zehn auf Eintracht ...Gut, hier die Quittung, mein Lieber! Empfehlung an den Herrn Leutnant!«

Der Soldat ging. An der Türe stieß er mit einem vollbärtigen, anständig gekleideten Herrn zusammen.

»Ah ...Herr Neubert!« Der alte Freiherr stand auf ...»...na ...haben Sie 'ne ordentliche Liste?«

»Hier sind die Namen!« Herr Neubert legte bedächtig ein Blatt Papier auf den Tisch ...»...und hier das Geld ...einhundertdreißig Mark! ...Stimmt's? Dann bitte um Quittung! ...Weiß Gott...« sagte er dann, während der andere eifrig zu schreiben begann ...»...ich mach' nächstens meinen Zigarrenladen zu und ein Wettbureau für meine Kunden auf! Warum sollen *Sie* das schöne Geld allein verdienen?«

»Saures Brot!« tröstete ihn der alte Herr und schüttete Streusand über den Schein ...»...so ... Herr Neubert ...na...und wie ist's denn? ...Sie haben mir doch was für den schönen Tip neulich in Aussicht gestellt?«

Der Kaufmann lachte etwas gezwungen und holte ein Päckchen heraus...»...Rauchen Sie's mit Verstand. Es sind echte! Fünfundzwanzig Stück!...«

»Danke, mein Lieber!« Der Baron begleitete den Zigarrenhändler bis zur Türe ...»...wenn ich 'mal den großen Schlag ins Kontor kriege ...Ihnen gönn' ich 'nen Anteil!...«

Thea hatte die Portiere zurückgeschlagen und trat mitten ins Zimmer. »Papa!« sagte sie mit tonloser Stimme...»was sind denn das um Gottes willen alles für Menschen, die dir da Geld bringen?«

»Mir nicht, meine gute Thea!« Der alte Herr ließ sich im Fauteuil nieder und schob das Geld in ein Ledertäschchen, das er sonst unsichtbar unter der Weste um den Hals trug ... »...leider nicht! ...Das sind schlichte Leute, denen ihr Beruf keine Zeit läßt, auf die Rennbahn zu gehen. Wetten wollen sie aber, natürlich ...nun! ...da vertrauen sie ihr Geld einem zuverlässigen, erfahrenen Manne an, wie mir. Ich besorge ihnen das!«

»...und nimmst Bezahlung dafür?« fragte sie schaudernd.

Er nickte melancholisch und fuhr mit der Hand über ihr schwarzes Seidenhaar. »Eine halbe Reichsmark ...bis zu 'ner ganzen ...je nachdem...« sprach er, ins Weite starrend ...»...ja ...so schlägt man sich nun eben durchs Leben...«

»Servus!« tönte hinter ihnen eine fettige Stimme.

Ein Kellner stand da ...der typische Kellner eines Wiener Cafes. In tadellosem Frack und weißer Binde, das peinlich sorgsam gescheitelte und geölte Haupt ohne Bedeckung, so wie er eben über die Straße gelaufen sein mochte.

»Ah ...Herr Joseph Meisinger!« Der Kammerherr legte zwei Finger in die dargebotene Rechte des anderen.

Thea traute ihren Augen nicht.

Da war das Unerhörte, das Unfaßbare geschehen!

Ihr Vater, der Freiherr Raban von Hoffäcker, fürstlich Rhenascher Kammerherr, Ritterguts-besitzer und Rechtsritter des Johanniter-Ordens, hatte einem Kellner die Hand gereicht!

Wenn das möglich war, dann konnte sich überhaupt alles ereignen; dann gab es keinen Halt mehr auf der Welt!

»Verzeihen's die Störung!« sagte inzwischen der Frackträger, ein paar Fünfmarkscheine in der Hand drehend, zu dem Kammerherrn, und warf einen schmunzelnden Blick auf Thea, die, ohne ihn anzuschauen, in das Nebenzimmer ging...»...ich wollt' nur fragen: haben's an guten Tip?«

»Für Sie selbst?« Der alte Herr runzelte die Stirne.

»Ja. Aber nur, wenn's auch wirklich was Rares is!«

»Geben Sie her!« Er nahm das Geld, steckte es ein und schrieb ...»...Athanas ist 'ne gute Nummer. Und bringt Geld! Der Gaul ist vom Handicapper viel zu gelind angefaßt! ...Da kann man noch was verdienen!«

»Dank' schön!« Der Kellner neigte sich vertraulich zu dem am Tisch Sitzenden herab ...»...sagen's, Herr Baron! ...Wie ist es denn mit meinem Privatkonto? Ich hab' doch die ganze Rechnung im Cafe die beiden letzten Wochen beim Zahlkellner ausgelegt, und amal muß ich's doch wieder ...«

»In den nächsten Tagen, mein lieber Meisinger ...« der Freiherr blätterte in anscheinender Zerstreuung in den alten Journalen auf dem Tisch ...»...in den nächsten Tagen ...heute ...sehen Sie ja ...bin ich sehr beschäftigt ...«

»Alsdann ...Servus!« Der Kellner entfernte sich mit einem nochmaligen zögernden Blick auf Thea, die nebenan am Fenster stand.

»Papa ...bist du denn wirklich so arm?«

Ihre Stimme klang tränenerstickt, während sie mit beiden Händen angstvoll die zitterige Rechte des alten Herrn umpreßte.

Der wandte sich ab. »Ja ...ja, mein Kind!« sprach er zögernd, »mit dem Wohlleben ist's nun freilich aus! 'mal hat man Geld ...'mal hat man keins ...Das ist so der Lauf der Welt.«

»Aber früher hattest du doch Geld ...viel sogar ...wo ist denn das nur geblieben?«

Er ging langsam zum Fenster. »Weg ist es eben!« brummte er unsicher vor sich hin ...»Zerronnen ...wie ...das weiß der Himmel allein.« Mit einem jähen Ruck fuhr er von der Scheibe zurück, und sein gutmütiges, würdevoll gedunsenes Gesicht verfinsterte sich.

»Verflucht« ...knurrte er ...»...mußte mich der Kerl auch gerade von der Straße sehen! Nun hilft's nichts. Nun kommt der Bandit herauf! ...«

Und wirklich. Da klopfte es schon energisch an die Tür.

Es erschien Thea seltsam, daß gerade der Mann, der jetzt mit einem geschäftsmäßigen »Guten Morgen!« eintrat, ihrem Vater so unwillkommen war. Sah er doch weit anständiger aus als die bisherigen Kunden. Er hatte etwas von einem Militär a. D. an sich. Darauf wies auch der Schnauzbart in dem gesund geröteten Gesicht des in den Vierzigern stehenden Besuchers, der schlichte dunkle Tuchanzug und die Jovialität seines Auftretens.

Er ging wie ein alter Bekannter auf den mürrisch am Tische sitzenden und in Papieren stöbernden Freiherrn zu ...»Na ...wie ist's denn heute, Herr Baron?« erkundigte er sich; und ein vertrauliches Lächeln glitt über seine Züge ...»heut' tu' ich gewiß keinen Fehlgang ...«

Der alte Herr drehte sich im Sessel herum. Ein wütender Blick, wie der eines gehetzten Tieres, ein Blick, den Thea früher nie an ihm bemerkt, fuhr zu dem anderen hinauf. »Stellen Sie mich auf den Kopf ...!« schnaubte er ...»...was 'rausfällt, soll Ihnen gehören ...nichts hab' ich ...gar nichts ...laßt mich armen, alten Mann doch in Frieden! ...«

»Na, nur kaltes Blut,« lachte der unbekannte Mann ...»...es geht ja nicht gleich um Kopf und Kragen! ...Aber zahlen müssen Sie! Der Schneidermeister will seine 33 Mark und 59 ... und ich ...«...er schaute sich prüfend im Zimmer um ...»...ich bin nu mit Gottes Hilfe wegen der Lumperei zum drittenmal hier!«

Der Kammerherr fing seinen Blick auf. »Bedienen Sie sich nur, Herr Wegener!« knurrte er höhnisch ...»...Prüfet alles und behaltet das Beste! Tun Sie ganz, als ob Sie zu Hause wären!«

»Ich danke!« Der Besucher schüttelte den Kopf ...»...Da hab' ich's zu Hause doch gemütlicher!«

»Freilich! Zu Ihnen kommt kein Gerichtsvollzieher! Eine Krähe hackt der andern kein Auge aus! ...Na ...haben Sie noch nichts gefunden? ...Jawohl ...da drinnen!« Er blinzelte listig dem ins Nebenzimmer tretenden Exekutor nach ...»...jetzt brennt's ...Dort halte ich mein Silberzeug versteckt!«

Aber der Mann des Gesetzes schien sich um den Hohn des Alten nicht zu kümmern. Man hörte, wie er drinnen ein paar Schubladen aufzog und am Bette kramte.

Thea starrte ihm betäubt nach. Also das war ein Gerichtsvollzieher! Sie hatte noch nie einen gesehen.

Da bemerkte sie, wie ihr Vater sich mit einem scheuen Blick auf den da drinnen in fiebernder Hast die Weste aufriß. Das Geldbeutelchen mit den Wetteinsätzen kam zum Vorschein und wurde von ihm an dem Bündchen über den Kopf gezogen.

Er steckte es ihr blitzschnell mit der einen Hand zu, während die andere die Weste, so schnell es ging, wieder schloß ...»Tu's in die Tasche! ...Und kein Wort davon zu dem Kerl! Verstehst du?«

Sie gehorchte mechanisch. Da erschien der Gerichtsvollzieher schon wieder auf der Schwelle.

Der alte Herr lächelte ihn freundlich an: »Na, Herr Wegener ...Sie sehen: immer noch die alte, spartanische Einfachheit! Nichts als die paar Sachen, die das Gesetz uns läßt. Sie wissen ... Paragraph 715 der Zivil-Prozeß-Ordnung ...Im Schrank der gesetzliche, zweite Anzug ...auf dem Tisch mein unpfändbares Handwerkszeug ...Die Möbel im Hinterzimmer gehören, wie Sie wissen, meiner zurzeit auf Urlaub befindlichen Haushälterin ...manifestieren will ich jeden Augenblick, wenn es dem Schneider Spaß macht ...also grüßen Sie ihn von mir! Er soll nur geduldig meinen großen Schlag auf dem Rennplatz abwarten...«

»Da könnt' er wohl schwarz werden!« brummte der Exekutor ...»bis Sie ihm freiwillig...« er unterbrach sich plötzlich und sprang auf den Flur ...»ist der Koffer da für den Baron Hoffäcker bestimmt?« fragte er einen Mann, der eben eine Last auf den Dielen niedersetzte.

»Jawoll!« Der Mann nickte ...»Von der Paketfahrt!«

Der Gerichtsvollzieher triumphierte: »Abgefangen!« lachte er und legte die Hand auf Theas Gepäck, wie um es zu verteidigen.

»Lassen Sie den Koffer!« fauchte der alte Herr wütend, indem er ihm auf den Flur folgte ... »der gehört meiner Tochter!«

»Er ist an Sie adressiert!« erwiderte der ungebotene Gast kaltblütig ...»geben Sie nur den Schlüssel her...«

Das Gesicht seines Gegners färbte sich dunkelrot vor Wut.

»Herr Wegener,« sagte er mit leiser, zornig zitternder Stimme ...»wollen Sie etwa meiner armen Tochter, die eben in Berlin angekommen ist, ihre Effekten versiegeln? Das wäre denn doch...«

Der Gerichtsvollzieher hatte gleichmütig ein blaues Siegel hervorgeholt. Da trat Thea zwischen die beiden Männer. Sie nestelte etwas von ihrem Handgelenk los.

»Ich glaube ...wenn man das Armband versetzt...« sagte sie schwer atmend ...»der Erlös würde wohl genügen...«

Eine kurze Pause trat ein.

Der Exekutor zuckte die Achseln: »Ja ...ich bin immer froh, wenn ich endlich bar Geld seh', mein Fräulein ...das können Sie mir schon nicht verdenken!«

Der Freiherr kämpfte eine Weile mit sich. Dann ging er mit schweren Schritten, das graue Haupt von Thea abwendend, in das Hinterzimmer, riß das Fenster auf, und rief etwas in den Hof hinunter.

Gleich darauf polterte es auf der Treppe. Ein verschlagen aussehender Bengel, die eben abgestreifte, blutbespritzte Schürze noch in der Hand, trat ein.

»Höre, mein Sohn!« sprach der Kammerherr väterlich ...»bitte Herrn Krause unten in meinem Namen, daß er dich auf fünf Minuten von euren Hasen und Feldhühnern wegläßt, erbitte dir ferner deine Klebekarte als Legitimation und trage dies Armband hier ins Leihhaus ...du weißt ...in der Jägerstraße ...aber ordentlich Geld dafür ...verstanden? ...Dann setzt es eine fürstliche Belohnung...«

Der Bursche lief. Die beiden Männer gingen wieder nach vorn. An der Türe blieb der alte Baron stehen. Es zuckte und zitterte über sein gutmütiges, vergrämtes Gesicht. »Woher hast du denn das Armband, Kindchen?« fragte er mit schwankender Stimme.

Sie sah ihn nicht an. »Du hast's mir vor fünf Jahren zum Geburtstag geschenkt,« murmelte sie ...»damals ...in Rhena...«

Damals ...in Rhena ...War eine solche Wandlung möglich? Thea griff sich, als die beiden Herren sie allein gelassen, an den Kopf, als wisse sie nicht, ob sie wache oder träume. War dieser alte Mann, der in solcher Behausung, unter solchen Menschen ein trübseliges, bitterarmes Dasein fristete, war das ihr Vater, der frohgelaunte, glänzende Kavalier von einst? Vor anderthalb Jahren hatte sie ihn noch in solcher Gestalt gekannt. Was war inzwischen mit ihm vorgegangen? Und warum hatte man es ihr verschwiegen?…

Eine Viertelstunde verstrich.

»Det hat aber Pinke jejeben!« klang draußen in Frohlocken die Stimme des zurückkehrenden Fleischerburschen …»zweihundert Märker uff den Tisch des Hauses!«

»Schön, mein Sohn!« hörte sie den alten Herrn würdevoll antworten …»Hier ist eine Reichsmark …kauf' dir ein Rittergut davon …na …und Sie, Herr Wegener, zählen sich nun Ihr Sündengeld ab.«

»Morgen, Herr Baron!« Der Gerichtsvollzieher stieg die Treppe hinab.

Nun standen sie sich wieder allein in dem kahlen Zimmer gegenüber.

Der Freiherr schaute aufmerksam durch die Scheiben auf die öde Straße, über die sein ärgerlicher Besucher dahinschritt …»Hund!« knurrte er ingrimmig vor sich hin. Dann begann er mit zerstreutem Lächeln in seinen Taschen zu wühlen …»gib mir das Beutelchen wieder, Kind … so …danke …das ist nicht mein Geld …das darf nicht angerührt werden …und hier…« er brachte verlegen eine Handvoll Gold- und Silberstücke zum Vorschein …»das gehört natürlich dir!«

Sie starrte vor sich hin.

»Behalt' es nur!« sprach sie kurz.

»Na …ich heb's dir auf…« Ein merklicher Seufzer der Erleichterung kam aus der Brust des alten Herrn, und seine vornehmen Züge belebten sich, während das Geld in seine Tasche zurückglitt …»ja …schau …liebe Thea…« fuhr er nach einer Weile fort und ging unsicher im Zimmer auf und nieder …»du hast mich vorhin gefragt, ob ich denn wirklich so ganz arm sei. Als Antwort hat sich dieser Mensch hier eingestellt, dieser Bandit …dieser …nun …weißt du …bei wem der Gerichtsvollzieher Stammgast ist, das ist ein Mann, der alle Bitternis des Lebens kennt …und solch ein Mann ist dein armer, alter Papa geworden, seit wir uns zuletzt gesehen haben…«

»…'n bißchen viel Geld hab' ich ja immer gebraucht…« sprach er nach einer Weile und sah tiefsinnig das an die Wand genagelte Porträt der Stute »Wellgunde« an …»Deine Mutter auch! Du weißt …sie war 'ne halbe Polin, und in der polnischen Sprache gibt es, glaub' ich, überhaupt kein Wort für Sparsamkeit. Na …solange wir's hatten, ging das fidele Leben ja auch so weiter. Aber dann kamen die schlechten Zeiten …Schulden aufs Gut …immer mehr …die Landwirtschaft im Krebsgang …schließlich …so ein Witwer ist ja wieder ein halber Junggeselle …der lebt auch 'mal ein bißchen unsolide und nimmt nicht gleich Hut und Stock, wenn sie die Karten mischen …ja …und so kam es denn, und eines schönen Morgens war eben alles aus …alles«

»Ja …und der Herzog …und deine Freunde …und unsere Verwandten …die können dich doch nicht alle im Stich gelassen haben!«

»Doch, mein Kind!« Herr von Hoffäcker schüttelte den Kopf, und Theas ungläubiges Gesicht sehend, fuhr er bitter fort: …»ich hab' keine Freunde mehr …Niemanden auf der Welt…«

»Und ich …Papa?«

»Du …mein Goldkind…« Der alte Herr wandte sich ab und ein ersticktes Schluchzen kam aus seiner Brust …»Du hättest gar nichts von meiner Not erfahren sollen! Immer und immer wieder hab' ich dir geschrieben, du sollst in Posen bleiben! Sicher hättest du dort irgendeinmal einen wohlhabenden Mann gefunden, der dich liebt und den du aus Liebe heiratest, ohne zu ahnen, daß du so ganz arm und elend bist. Jetzt weißt du's! Und aller Frohsinn ist aus deinem Leben weg! Not und Sorge, die bei mir schon so lange wohnen, halten jetzt auch bei dir ihren Einzug, arme Thea …bei einem süßen Geschöpf wie dir, das so ganz auf Luxus und Zärtlichkeit angewiesen ist …dich davor zu bewahren …das war meine letzte Hoffnung …nun liegt sie auch auf dem großen Scherbenhaufen…«

Er verstummte. In leisem Rieseln begann draußen der Regen niederzuströmen.

Thea erhob sich bleich und fröstelnd. »Ich will mich jetzt ein bißchen schlafen legen, Papa!« sagte sie und reichte ihm die Hand …»ich bin recht müde von der Fahrt…«

Sie empfand eine grenzenlose Mattigkeit. Kaum, daß sie in ihrem Hinterzimmerchen, in das Frau Kautz den umstrittenen Koffer hineingeschafft, die Kleider abzustreifen vermochte. Dann fiel sie auf das Bett. Schlafen … schlafen … diese ganze Welt vergessen … weiter empfand sie nichts mehr …

Nach einer Weile hörte sie draußen auf dem Flur flüsternde Stimmen. »Holen Sie mir doch den Hutkarton 'raus, Frau Kautz …« tönte es hell und leise … »ich hab' ihn auf dem Schrank oben vergessen …«

Es klopfte. Thea riegelte die Türe auf und ließ Frau Kautz eintreten. »Sind das Sachen von der Haushälterin?« fragte sie.

»Ja«, sagte die Schusterfrau merkwürdig befangen und hob rasch die Pappschachtel herab … »Verzeihen Sie man, Fräulein …«

Da klangen draußen schwere Tritte, und gleich darauf die knarrende Stimme des Kammerherrn zu der Fremden im Gang. »Was machst du denn hier?« fragte er gedämpft und unwirsch. Ein warnendes »Pst!« zischte dagegen.

Frau Kautz warf einen ängstlichen Blick auf Thea und eilte, daß sie mit ihrem Hut herauskam. Dann wurde draußen alles wieder still.

Und ihr Vater sagte zu der Unbekannten »du?« Und im Zorn konnte er sie gestern wohl nicht entlassen haben, da sie heute ganz unbefangen wiederkam! Warum also? Offenbar, weil sie, Thea, ihre Ankunft gemeldet hatte. Da machte ihr die andere aus Gefälligkeit Platz! Aber warum mietete Papa sie, seine Tochter, nicht in einem Familienhotel ein? Ja so! Er hatte ja keinen Heller eigenes Geld! Er konnte ihr nichts auf der Welt bieten als diese armseligen vier Wände hier, aus denen er erst eine andere vertreiben mußte … eine andere, die er »du« nannte …

Ein entsetzlicher Schrecken erfaßte sie jählings … ein Drang, aus dem Bette zu springen … das Haus zu verlassen … davonzurennen … aber wohin? … um Gottes willen … wohin? …

Nein … es gab nur ein Land, in das man sich flüchten konnte, das Land des Vergessens, den Schlaf. Ruhig daliegen und nichts mehr sehen und hören … das war das beste. Sie würde frühzeitig genug auch noch das letzte erfahren, warum kein Mensch Papa in seinen Geldnöten geholfen – und was er eigentlich in diesem letzten Jahr getan – und wie er zwischen alle diese Leute … diese Zigarrenhändler und Kellner und Gerichtsvollzieher, geraten war … und warum er die Haushälterin, in deren Zimmer sie hier zu Gast war … warum er die duzte …

V.

Spät am Nachmittag erst wachte sie auf.

War denn das alles wirklich kein Traum? Dies enge Zimmerchen, der dumpfe Lärm der Weltstadt draußen, auf dem Hof das Getriebe der Wildprethandlung, Fleischerknechte, abgestreifte Tiere, ein kläffender Hund, von unten aus dem Schusterkeller ein dumpfes, monotones Pochen ... wie war das alles häßlich und entsetzlich.

Wärest du doch geblieben, wo du warst ... Einen Augenblick kam ihr dieser Gedanke, während sie seufzend ihren Koffer öffnete, um ihr bestes Straßenkleid – das Berliner Kleid hatte sie es schon lange in träumender Sehnsucht getauft – herauszunehmen. Oder wenn sie dorthin zurückkehrte, und, wie ein Reisender aus Zentralafrika, dort am stillen Teetisch von Gerichtsvollziehern, von Shake-Hands mit Kellnern und von Pfandhäusern berichtete?

Aber gleich darauf schüttelte sie den Kopf, daß die Locken flogen. Ein Lächeln, traurig und trotzig zugleich, glitt über ihr blasses Gesicht.

Nun war sie in dem Abenteuer darin! Nun hatte es keinen Zweck, unnütz zu denken und zu wünschen. Nun konnte man nichts mehr tun, als die Ereignisse geduldig über sich hinrollen zu lassen.

Der arme Papa! Der arme, arme alte Mann!

Und sie hatte ruhig in der Provinz in den Tag hineingelebt und nicht geahnt, daß der Mann, dem sie ihr Dasein verdankte, der sie mehr liebte als seinen Augapfel – daß der hier vielleicht nicht einmal satt zu essen bekam, daß er verlassen und verraten in einer kahlen Wohnung dahinhauste – er, der vornehme, unbehilfliche alte Herr, auf dessen Fingerwink sonst die ganze Dienerschaft flog!

Er hatte doch sonst eine Menge Eigenheiten und Angewohnheiten ... sie erinnerte sich wohl, das Rasiermesser mußte einen ganz bestimmten Wärmegrad besitzen ... der Bordeaux genau die Zimmertemperatur gewonnen haben, und es gab eine wohl vorgeschriebene Art, mit der ihm der Stallknecht beim Ausreiten die Zügel in die Hand reichte.

Wie konnte er sich denn nur jetzt in alle diese Entbehrungen finden? Wie brachte er das fertig, ohne zu verzweifeln?

Eine grenzenlose, mitleidige Zärtlichkeit erfaßte sie. Sie eilte sich mit ihrer Toilette, um recht bald dem armen alten Mann da drüben die Gramfalten aus der Stirne streichen zu können.

Aber als sie in das Redaktionszimmer des »Paprika« eintrat, war niemand da.

Er mußte ausgegangen sein, denn sein Hut und Stock fehlten. Da, wo sie gelegen, stand auf dem Tisch eine Flasche ... ihre Flasche mit Danziger Goldwasser und ein leeres Gläschen daneben.

And diese Flasche – sie erschrak – war beinahe zu einem Drittel leer!

Vielleicht hatte er Besuch – aber nein. Es war ja nur ein Glas da.

Sie setzte sich auf einen Stuhl und sah traurig, mit gefalteten Händen, die Flasche an. Hätte sie das gewußt! ... Also auch das noch! ... Ja, freilich ... Vergessen fand man da wohl...

Aber da knarrte es auf der Treppe. Der alte Freiherr trat ein. Ihr ängstlicher Blick vermochte nicht das geringste Auffällige an seiner vornehmen Erscheinung zu bemerken. Nur lebendiger sah er aus, jugendlicher und fröhlicher. Er hielt sich straff aufrecht, die gefärbten Schnurrbartenden waren noch spitzer als sonst aufgedreht und der graue Zylinder unternehmend zurückgeschoben.

Er hielt ein Rosensträußchen in der Hand und überreichte es ihr freundlich lächelnd mit der Handbewegung eines Kavaliers aus der Rokokozeit. »Ich war aus!« sagte er rasch ...»...ein paar kleine Posten zahlen ... die Räuber verfolgten mich schon seit Wochen! ... Ach...« er nahm den Hut ab und fuhr sich mit dem Seidentuch über die hohe Stirn« ...»...das tut wohl, diese Insekten los zu sein!«

Sie antwortete nichts, sondern überlegte. Viel Schmuck hatte sie nicht! Aber immerhin ... wenn man ihn versetzte, war wenigstens für die nächsten Wochen gesorgt ... das Wertvollste war die kleine goldene Uhr ... aber die mußte man bis zuletzt aufsparen ... um so mehr, als der

Kammerherr selbst ja auch keine besaß, sondern statt dessen an schwarzem Seidenband seinen Zwicker in der Westentasche trug.

»Komm, Kindchen,« hörte sie seine etwas ungeduldige Stimme, »du wirst Hunger haben!«

Ja, wahrhaftig … sie hatte starken Hunger. Trotz alledem und alledem! Die Natur forderte ihr Recht und kümmerte sich nicht um Seelenleid und Sorgen.

»Ich hab' freilich seit gestern mittag so gut wie nichts gegessen!« sagte sie und trat mit dem alten Herrn auf den Flur. Dort schloß er brummend die Fenster ihres Hinterzimmers. Diese Schmeißfliegen unten aus der Wildprethandlung! … das sei eine wahre Not!

Aber noch größer war sein Zorn, als er unten das Haustor öffnete. Die Klinke war wieder voll Blut! Natürlich … wieder diese Metzger aus dem Wildpretladen! Und wenn man ihnen Vorhalte machte, erwiderten sie, sie könnten sich nicht alle fünf Minuten die Hände waschen!

Auch Thea hatte einen Fleck auf ihren perlgrauen Glaces bekommen. Es schimmerte feucht in ihren Augen. Nicht wegen des verdorbenen Handschuhs – aber wie war das alles so häßlich und gemein! Schmutz und Notzeit, wo man hingriff.

Da umfing sie das brausende Treiben der Friedrichstraße. Das Wetter hatte sich aufgehellt. Vereinzelte Streifen der Abendsonne vergoldeten das bunte Gewühl, die rastlos dahinflutenden Menschenwogen, in denen man sich so behaglich mittreiben lassen konnte, das Gewirr der Omnibusse und Droschken auf dem Fahrdamm, die prachtvollen Läden, die geschmackvollen Toiletten und hübschen Gesichter, die überall in dem Gewühl auftauchten, … dazwischen massenhaft Uniformen aller Waffen, Studentenmützen, hellfarbige Herrenpaletots, da ein gigerlhaft gekleideter Neger, um den kein Mensch sich umdreht, ein paar würdevolle bezopfte Chinesen in buntseidenen Weiberröcken auf Holzstöckeln dahinwatschelnd … das Trottoir einsäumend in monotonem Geschrei die Reihe der Zeitungshändler und Verkäufer… ein Brausen und Weben und Wirren zwischen all diesen in fünf, sechs Stockwerken aufragenden Riesenhäusern, das Thea ganz schwindlig machte.

Da war man doch mitten im Leben … da war man in der Welt!

Die Uhr zeigte auf sieben. Jetzt setzte man sich in Posen zum Abendbrot … dünnem Tee und dünnem Aufschnitt. Baby wurde herumgereicht und lallte Gutenacht … der Bursche brachte die Lampe und das Parolebuch … Der Major stopfte sich seine Pfeife und griff nach der Zeitung, seine Gattin und die beiden Backfische zum Strickstrumpf und Straminrahmen… o Gott … o Gott…

Thea atmete tief auf. Sie war eben doch aus einem Gefängnis entsprungen! Und daß ein entwischter Gefangener nicht auf Rosen gebettet ist … ja … das war doch klar.

Spaßhaft war es ihr, wie alle Leute sie ansahen, während sie quer über die von Menschenmassen wimmelnden Linden schritten. Distinguiert mußten sie beide schon sich ausnehmen, der hochgewachsene alte Herr in seiner behäbigen, selbstbewußten Würde, und neben ihm, in seinen Arm geschmiegt, die Tochter in ihrer schlanken Eleganz und Schönheit. Denn natürlich war sie doch schön! Das Mädchen müßte erst geboren werden, das schön ist und es nicht weiß, obwohl jeder Blick der Vorübergehenden, jeder Spiegel es ihr sagt. Sie, Thea, wußte es jedenfalls … und wußte … das war eine mächtige Waffe, wenn man wie jetzt in Not und Kampf geriet.

Ihr Vater weckte sie aus ihren Träumen. Er stand mit ihr auf dem Nord-Trottoir der Linden und sah sie aufgeregt und ängstlich zweifelnd an, während seine Linke mechanisch mit den Gold- und Silberstücken in der Tasche klimperte.

»Schau, Goldkind!« sagte der alte Herr verlegen und etwas stockend, wie wenn er selber nicht recht an seine Worte glaubte …, … wir müssen doch deine Ankunft feiern, und da ja nun Geld, da ist … ich würde mich so freuen, wieder einmal bei Dressel zu essen!«

Thea wußte nicht, wer Dressel war. »Gewiß wollen wir zu Mittag essen…«, erwiderte sie und schritt an dem grüßenden Türhüter vorbei in das Restaurant.

Da drinnen gefiel es ihr. Alles so vornehm und reich und sauber. Und dieser Schwarm der sie dienstfertig und lautlos umhuschenden Kellner. Und die Gäste – mehr als sonst um diese Sommerzeit, der landwirtschaftlichen Ausstellung wegen – doch endlich wieder einmal anständige, gut angezogene und leise sprechende Menschen ihrer Kreise … sie fühlte sich sehr behaglich –

etwa wie ein Schiffbrüchiger, der endlich eine trockene Höhle und ein warmes Feuer gefunden – und lächelte über die Wichtigkeit, mit der ihr Vater die Anordnungen zum Mahl traf.

Der alte Herr war in seinem Element! Das war ganz der Grandseigneur von einst, der da die ehrfurchtsvollen Kellner mit Handwinken und halben Worten hin und her dirigierte. Wie er dasaß, im Stuhl zurückgelehnt, die Weinkarte weit von dem goldenen Pincenez abhaltend und gleichgültig, beinahe übellaunig musternd, bis endlich in knarrenden, abgebrochenen Tönen die entscheidungsschweren Worte fielen, da wunderten sich wohl manche der herumsitzenden Vertreter des *High-life*, daß ihnen dieser uckermärkische Grande noch nie in Berlin aufgestoßen sei.

Und dann kam das Essen, in vielen Gängen, die alle Thea gleich vortrefflich schmeckten, und der Wein, schwerer, schwarzroter Burgunder, der wie Feuer den Magen wärmte.

Mein Gott ... schließlich war die Welt ja nicht so schlimm! Es konnte ja noch alles gut werden. Sie schaute träumerisch lächelnd durch die großen Spiegelscheiben auf das Gewühl der Linden. Welch ein Kontrast – dies vornehme Lokal, in das manche Vorübergehende geradezu respektvoll, manche Arbeiter höhnisch grinsend hineinschauten ... und dort drüben, wenige Schritte von hier ... sie blickte bang auf ihren Vater, der mit der gewählten Ruhe des Feinschmeckers speiste und in großen Zügen den alten Volnay trank.

Eben beorderte er den Kaffee samt Likören und nahm sich aus dem Kasten eine lichtbraune, prunkender Leibbinde versehene Havanna ... da stieß seine schöne Tochter einen freudigen, halblauten Ruf aus.

Ja wirklich ... das waren Paulis! Der Landgerichtsrat und seine Frau, ihre guten Freunde aus Rhena, die da einen bequemen Platz suchend durch den Raum schritten und sich ihnen näherten!.

Welch ein Vergnügen, bekannte Gesichter aus dem alten, guten Rhena zu sehen!

Thea wollte sich erheben und ihnen fröhlich zuwinken. Da fühlte sie sich von zorniger Hand am Arm ergriffen.

»Kümmere dich nicht um diese Bande!« zischte ihr Vater ihr zu – und dann lauter, mit dunkelrotem Gesicht: »Kellner! ... die Rechnung!«

Was war denn das? Und was machten denn Paulis für Gesichter, als sie plötzlich auf ihren Tisch herüberblickten?

Erschrocken sahen sie aus ... verlegen ... und da wandten sie sich ab und nahmen ganz in der Ecke, weit von ihnen, Platz!

Und hatten sie doch ganz deutlich gesehen und erkannt!

»Papa ...«, flüsterte Thea tonlos ... »... warum wollen denn Paulis nichts von uns wissen?«

Der alte Herr brummte etwas Unverständliches statt der Antwort. Sie merkte ... der Zwischenfall war für ihn außerordentlich unangenehm. Er sprach kein Wort mehr, sondern stierte, die grauen Favoris mit den Händen auskämmend, aus den vom Weine rotunterlaufenen Augen hartnäckig auf die Tischplatte vor sich, bis endlich die Rechnung kam.

Achtzehn Mark und fünfzig Pfennig! ... Thea entsetzte sich. Aber ihr Vater schien das erwartet zu haben. Gleichgültig wie ein Mann, dem es aufs Geld nicht ankommt, schob er ein Zwanzigmarkstück über den Tisch und erhob sich um aus den Händen der Kellner, ohne diese auch nur eines Blickes zu würdigen, Hut und Stock zu empfangen.

Er räusperte sich drohend, während sie an Paulis vorbeigingen. Das Ehepaar schaute nicht zu ihm auf. Aber als Thea mit einem scheuen Seitenblick sich an ihrem Tisch vorbeidrängte, merkte sie, daß beide sie traurig und ernst ansahen. Ob das Mitleid war, ob ein stummer Vorwurf ... wer konnte das wissen? Sie warf trotzig den Kopf zurück und folgte ihrem Vater. Aber ihr Inneres zitterte vor Erregung.

Auf der Straße blickte sie dem alten Herrn voll ins Gesicht. »Komm' mit nach Hause. Papa!« sprach sie rauh und fest ... »... ich muß mit dir reden!«

Der Kammerherr senkte, wie zur Zustimmung, das graue Haupt. Schweigend gingen sie die Linien entlang ...

Nun waren sie wieder in dem dämmerigen Redaktionsraum.

Auf dem Tische lag eine Depesche. Der Major aus Posen hatte sie an Thea gesandt. »Erwarten deine umgehende Rückkehr in unser Heim«, stand darin.

Das war viel, das war ein großes Entgegenkommen von dem sonst gegen sich und andere so harten Mann. Aber Thea kümmerte sich jetzt nicht darum.

»Papa...« sagte sie mit klarer, ruhiger Stimme ...»...wenn ich auch nur ein Mädchen bin und nicht viel vom Leben weiß ...das weiß ich doch: in unseren Kreisen verachtet man jemanden deswegen nicht, weil er sein Geld verloren hat. Man sagt sich: das ist eben ein Unglück! Man grüßt ihn trotzdem auf der Straße und man hilft ihm, wenn man irgend kann! Dich aber grüßen Paulis nicht, und du sagst selbst, daß dir niemand zur Seite steht. Warum, Papa? ...ich will die Wahrheit wissen! ...ich muß sie wissen!«

Die helle Mädchenstimme klang beinahe drohend durch das dämmernde Gemach, in dem der alte Grandseigneur unsicher hin und her trottete. Seine Augen irrten unstät an den Wänden umher, seine Hände krampften sich wie im Schmerz zusammen ...er atmete schwer.

»Die Wahrheit...« murmelte er ...»...die Wahrheit ist eben, daß ich mein Geld verloren hab'...«

»Bist du denn Wucherern in die Hände gefallen?«

»Auch das, Kind!« Der Alte nickte gedankenvoll ...»...es kam so eins zum andern!«

»Und unsere vielen Freunde...?«

»Anfangs haben sie mir geholfen ...ich war ja schon seit Jahrzehnten in der Klemme ...Und endlich wurden sie's müde ...und dann ...ja dann...« ein verzweifeltes Schluchzen drang aus der Brust des alten Mannes.

»Was war dann, Papa?«

»Dann machte ich eben so Schulden. Aber man bekommt so schwer Geld, wenn nicht ein reicher Freund für einen bürgt ...oder man eben irgendwie seine Unterschrift hat ...und Geld muß man haben ...und man denkt ...der Freund wird einen nicht ins Unglück stürzen ...und seine Unterschrift anerkennen...«

»Und da ...Papa...« ihre Augen wurden starr vor Entsetzen ...»da...« das furchtbare Wort kam nicht über ihre Lippen ...»...da ...da macht man selbst die Unterschrift.«

Der Alte hatte sich von ihr abgewendet und nickte leise.

Ihr Vater ...der heißgeliebte alte Papa ein Wechselfälscher!

Es krampfte sich alles in ihr zusammen.

»Und das ist nicht herausgekommen?« Ihre Stimme klang heiser vor Angst.

»Doch...« der Alte nickte wieder ...»...drei Wochen, nachdem ich dich aus Rhena weggeschickt hab'...«

»Und du bist dann verreist, um der Untersuchung zu entgehen...« Thea brach verstört ab ...»...aber nein ...dann kannst du ja doch nicht hier...«

»Ich war in Untersuchung, Thea!« ihr Vater wandte sich zu ihr um. Sie erschrak. Die ungesunde Röte war aus seinem Gesicht geschwunden. Aber entsetzlicher noch war das fahle Gelb, das jetzt zwischen den grauen Bartstreifen die vergrämten Züge bedeckte ...» ...ich war in Untersuchung. Du hast von allem nichts erfahren, denn du warst fern und unter guten, vornehmen Menschen, die dir alles aus dem Wege räumten, woraus du hättest Verdacht schöpfen können...«

»...Aber wenn du in Untersuchung warst ...Und du sagst selbst ...du warst schuldig...«

»Ja, Thea! ...«

»Und dann...« Sie sank auf einen Stuhl. Ihre zitternden Knie trugen sie nicht mehr ...»...ja aber ...gibt es denn ...gibt es denn Geldstrafen ...für so etwas...?«

Der alte Herr fiel plötzlich neben ihr auf die Knie.

Sein schluchzender Graukopf barg sich in ihrem Schoß, seine Hände umfaßten hilfeflehend ihren schlanken Leib.

»Ich war ja nicht verreist, mein Herzenskind«, stöhnte er laut und verzweifelt los ...»...ich war ja im Gefängnis ...ein langes, fürchterliches Jahr...«

»Und nun geh', Kind ... nun weißt du alles ... bis aufs letzte! Nun geh' in dein Heim nach Posen zurück ... werde glücklich ... Vergiß mich ... und laß mich armen alten Sünder hier allein verkommen und verderben ...«

Eine kurze, bange Pause.

Dann fühlte er, wie zwei Hände sich streichelnd auf sein Haupt legten, und er vernahm ihre leise, tröstende Stimme:

»Du bist nicht allein, Papa! Denn du hast mich; die andern mögen dich verlassen ... mir bleibst du mein guter, alter Papa ... und ich bleib' bei dir ...«

VI.

Also nun konnte der Kampf beginnen.

Georg Textor hatte in seinem Hotel ein paar Stunden geruht, dann gebadet, sich rasiert und ein konsistentes englisches Frühstück eingenommen. Nun war er wieder soweit Mensch und sah streitlustig der Zukunft ins Auge.

Aber diese Zukunft war und blieb wie ein Gespenst. Nebelhaft, nicht zu erkennen, nicht zu fassen … und eben darum doppelt unheimlich.

Jedenfalls erobert man Berlin nicht vom Lesezimmer der Monopolhotels aus! Der Exhusar zahlte und schlenderte nachdenklich die Friedrichstraße entlang und die Linden hinunter.

Merkwürdig, wie eilig es alle diese Menschen ringsum hatten! Das hastete in dem trüben Regengrau des Sommervormittags aneinander vorbei, das bewegte im Gehen rechnend die Lippen hatte das Gesicht voll Pläne … ja gewiß … alle diese – nebenbei bemerkt meist von fabelhaften Schneidern bekleideten – Leute gingen einem Berufe nach, mühten sich, verdienten Geld!

Aber wie? Gewiß auf tausenderlei Weise. Das lebte und webte eben durcheinander und strebte doch zum gleichen Ziel, wie im Fabriksaal die sausenden Riemen und kreisenden Räder und gleitenden Stangen aus scheinbarem Chaos doch ein Ganzes schaffen.

Aber wehe dem Unkundigen, der seine unerfahrene Hand in dies Chaos mengt! Er ist verloren, in Stücke zerrissen von dem gleichgültig weiterstampfenden Getriebe.

Freilich bummelten ja auch manche Menschen langsamen Schrittes dahin. Elegante Flaneure mit Bügelfalten in der Hose und schweren Stöcken, dienstfreie Offiziere, Gutsbesitzer aus der Mark … Aber das war ja gerade die Welt, die ihn ausgestoßen hatte … für die er jetzt nur noch ein ehrloser Schatten war. Oder sollte er sich täuschen? War man vielleicht in Berlin, der brausenden, alles umfassenden und verstehenden Weltstadt, toleranter als in der engen Garnison?

Ein jüngerer Herr nahm im Vorbeigehen lächelnd den Hut ab. Georg erkannte ihn. Es war ein Diplomat, den er zuweilen auf den Rennplätzen gesehen.

»Na, auch mal wieder in Berlin?« scherzte der Mann aus der Wilhelmstraße und reichte ihm mit sorgsam hochgehobenem Ellenbogen die Hand … »…schönes Rennen morgen in Karlshorst … kann Sie leider nicht bewundern … haben schauderhaft im Auswärtigen Amt zu tun … bin eben auch auf dem Weg dorthin…«

An diesem gutmütigen Kavalier konnte man die Probe machen! Der kleine Sportsman schloß sich ihm an.

»Ich reite morgen nicht!« sagte er, neben ihm hergehend, in möglichst gleichgültigem Ton … »…ich reite überhaupt nicht mehr…«

»…Streber geworden? …Kriegsakademie?…« wunderte sich der Diplomat.

»Nein. Aber schlichten Abschied erhalten … nach dem großen Unglück in Hannover!«

»Schlichten Absch…« Der Elegant blieb stehen. Ein peinliches Erstaunen malte sich auf seinem Gesicht und ging allmählich in ratlose Verlegenheit über … »…das ist ja … allerdings … und Sie sagen das so kühl…«

»Ja … ändern kann ich's ja nicht!«

»Natürlich nicht … nein … ja … dieser Spielerprozeß…« Der korrekte Herr schaute hilfesuchend rechts und links und heftete sein Auge auf ein Firmenschild … »…nun … ich muß jetzt hier … ist mein Zigarrenlieferant…«

Höflich den Hut lüftend, verschwand er mit ein paar langen Schritten in dem Laden.

Der Ex-Husar steckte sich traurig eine Zigarette an und zog weiter. Als er die Linden wieder heraufschleuderte, sah er den Diplomaten mit einem anderen, ihm bekannten Herrn ihm entgegenkommen. Sie mußten ihn schon von weitem gesehen haben. Dann plötzlich gingen sie quer über alle die Fahrdämme und Alleen auf die andere Seite der Linden, wo sich ein anständiger Mensch doch nur zeigt, wenn er auf dem Weg zu Hiller oder Dressel ist.

Als ob seine Nähe ansteckend wirkte! Ein grimmiger Zorn erfaßte Georg Textor. Er haßte die ihm entgegenkommenden Elegants, die Offiziere und Gigerln, die alle so vergnügt aussahen und plauderten und lachten.

Und als der kleine Wendelslohe von den 29. Ulanen an ihm vorbeirollte und sich im Wagen aufstellte, um den Kutscher anzuhalten, da winkte er ihm spöttisch mit der Hand zu: »Fahren Sie nur weiter!« rief er ...»....ich habe die Blattern!« Und der Leutnant, der ihn auf der Verfolgung einer Dame wähnte, setzte sich verständnisvoll nickend wieder hin...

Nein, diese Welt wollte nichts mehr von ihm wissen! Das Freimaurer-Zeichen des Gentleman starrte ihm überall abwehrend entgegen.

Da war es wirklich schon besser, Sozialdemokrat zu werden! Dann sollte die Bande vor ihm Angst kriegen! Aber wie wurde man Sozialdemokrat? Er konnte sich doch nicht ohne weiteres in seinem Gigerl-Zivil zu den Maurern und Droschkenkutschern da unten in dem Budikerkeller setzen! Und dann hatte er auch die Empfindung, daß diese Leute sich nicht oft genug wuschen! Das war ihm ein Greuel...

Ein donnerndes Gefährt kam da die Linden entlang. Prachtvolle Traber, ein würdevoller Kutscher, im Innern ein satter alter Herr mit einem Pack Zeitungen auf dem Schoß. Ein Bör-senfürst, der zur Bank fuhr ...das unterschied sein in Hamburg geübtes Auge wohl.

So reich zu werden, war das Ziel seines Ehrgeizes. Aber wahrscheinlich auch das aller anderen Menschen ringsumher. Da hatte man wohl so ziemlich alles, was lebte, zu Konkurrenten.

Jedoch ein anderer Gedanke erfaßte ihn dabei. Hier in Berlin lebte ja der alte Geschäftsfreund seines Vaters, der Geheime Kommerzienrat Michaelis, einer der wenigen, die, seiner Ansicht nach, sich beim Sturz des Hauses Textor & Co. anständig benommen hatten.

Den Sohn seines Geschäftsfreundes würde er wohl empfangen. Und er war reich ...sehr reich. Vielleicht verriet er ihm das Geheimnis, wie auch ein anderer reich werden könne. Georg hatte die Adresse noch von früher her im Kopf. Er winkte einem Kutscher und fuhr in die Jägerstraße.

Daß es eine große Auszeichnung war, um diese Stunde überhaupt in das Allerheiligste des Di-rektors vorgelassen zu werden, davon ahnte der frühere Leutnant nichts. Er hatte seine Beichte beendet, lehnte sich in dem Stuhl zurück und sah den hageren, alten, unscheinbar gekleideten Herrn erwartungsvoll an.

Der schwieg einige Zeit und dachte nach. Kein Fältchen rührte sich in seinem, von jahr-zehntelanger, zäher Gedankenarbeit mumienhaft erstarrten Gesicht mit dem strengen Mund und den durchdringend forschenden Augen.

»Sie sind der Sohn meines alten Freundes, Herr Textor!« sagte er mit leiser, leidenschaftsloser Stimme ...»....ich bin bereit, Ihnen die Passage nach New York zu bezahlen und irgendwo in Amerika durch ein befreundetes Haus ein Unterkommen zu verschaffen ...was für eins ...das weiß, ich nicht. Sie müssen eben nehmen, was sich in Amerika bietet.«

Schon wieder das verwünschte Amerika! Es war, als ob die Welt sich verschworen habe, ihn über das große Wasser zu schaffen!

»Verzeihung, Herr Geheimrat,« der Sportsman verbeugte sich höflich ...»....aber ich möchte eben auf jeden Fall in Deutschland bleiben und mir hier eine Stellung machen...«

Der alte Herr überlegte wieder einen Augenblick. »...Was für eine Stellung?« fragte er dann eintönig ...»....was haben Sie für Kenntnisse?«

»Kenntnisse? ...ja, du lieber Gott...« der gewesene Husar zuckte die Achseln ...»....ich spreche noch recht leidlich Englisch ...von Hamburg her ...und ein paar Brocken Französisch...« »Also so gut wie nichts! Können Sie stenographieren? Mit der Schreibmaschine umgehen? Verstehen Sie etwas von Buchführung und kaufmännischem Geschäftsstil?«

»Nein!« sagte Georg verblüfft.

»Hm.« Der Financier runzelte die Stirne ...»....Haben Sie sich sonst irgendwie in der prakti-schen Welt umgesehen? Vielleicht in einem Fabrikbetrieb ...im Hüttenwesen ...in irgendeinem Ingenieurfach...«

»Ich habe meine Rekruten gedrillt ...und in meinen Urlaubsstunden Rennen geritten...«

»Nun ...und die Landwirtschaft? Wissen Sie etwas davon?«

»...Nur, daß meine Pferde eine sündhafte Menge Hafer und Heu verschlangen...«

»Ja ...also ...verehrter Herr...« der Bankier richtete sich etwas auf ...»....fühlen Sie etwa irgend-eine besondere Begabung in sich ...eine Tenorstimme ...oder ein Zeichentalent ...auch nicht?«

Georg schüttelte stumm den Kopf. Die Sache begann ihm unheimlich zu werden.

»Dann kann ich Ihnen nur raten,« schloß der alte Herr kühl seine Fragen ...»...da Pferde offenbar der einzige Ihnen vertraute Gegenstand auf Erden sind ...werden Sie Stallmeister oder dergleichen!«

»Verzeihung, Herr Geheimrat ...« der Herrenreiter hob kampflustig das hagere, schaffgeschnittene Gesicht ...»...da Knecht ...bezahlter Knecht zu werden, wo man früher Herr war ... ich, der ich vor drei Tagen selbst noch einen Trainer hielt, als servil grüßender Stallmeister ... das vertrag' ich nicht. Mein Ehrgeiz ist, mir Stellung und Reichtum zu erwerben.«

»Ja ...womit denn?«

»Das weiß ich nicht!«

Der Finanzmann stand auf. »Sehen Sie durchs Fenster!« sagte er ruhig ...»alle die Menschen, die da unten vorübergehen, die arbeiten und mühen sich hier in Berlin ...sie mühen sich vom Morgen bis in die Nacht, und sind froh, wenn sie das tägliche Brot haben. Meine jungen Leute sprechen vier, fünf Sprachen, sie haben sich in jahrelanger Arbeit, auf Reisen und im Kontor auf ihren Lebensberuf vorbereitet und danken ihrem Schöpfer, wenn sie so weit sind, daß sie mit dreißig Jahren heiraten und sich ein bescheidenes eigenes Heim gründen können. Wenn ich jetzt auch nur die Stelle eines Ofenheizers hier ausschreibe, so melden sich Hunderte von Arbeitslosen und bestürmen meinen Vertreter mit Bitten, und für jede freigewordene Kommisstelle laufen die Offerten in einer Zahl und unter Bedingungen ein, die dem Bewerber gerade noch das blanke Leben lassen. Alles ist überfüllt. Ueberall herrscht ein unerbittlicher Kampf ums Dasein, und nur das ernsteste Wollen und reifste Können führt zum Ziel. Und nun kommen Sie, ein entlassener Leutnant ohne Geld, ohne Kenntnisse und – verzeihen Sie es mir – ohne starken sittlichen Halt, und glauben, *en passant*, Millionär zu werden...«

Das war wahr ...entsetzlich wahr! Ein tödliches Grauen vor der Zukunft stieg jählings in Georg Textor auf.

Aber zugleich auch wieder der Trotz.

»Und doch,« sagte er schweratmend ...»...gibt es Leute ...vom Rennplatz her kenne ich ihre Namen ...die ziemlich genau in meiner Lage waren und doch aus dem Nichts heraus gutsituierte Männer geworden sind...«

»Es mag solche geben!« erwiderte der Bankier gleichgültig ...»...ich kenne sie nicht, und wenn ich sie kennte, würde ich ihren Gruß nicht erwidern. Denn sie können ihr Geld nicht auf achtbare Weise erworben haben.«

»Aeußerlich sehen sie jedenfalls ganz anständig aus!«

»Jawohl« ...der alte Herr sah ihn ernst an ...»In Berlin wie in jeder Weltstadt haben wir eine wirkliche Halbwelt ...das, was der Franzose darunter versteht. Talmi-Existenzen auf der Grenze zwischen Salon und Zuchthaus ...Freibeuter der Gesellschaft, die vom Gentleman den Rock, vom Industrie-Ritter die Gesinnung borgen ...Leute, die wie versinkende Schwimmer sich krampfhaft an jedes Rettungsmittel klammern und endlich doch ausnahmslos zugrunde gehen. Nach Ihnen, wie nach jeder verkrachten Existenz, streckt diese Halbwelt ihre Fänge aus. Und sind Sie einmal darinnen ...nun ...wenn Sie mir schreiben ...das Passagegeld nach Amerika steht jederzeit zu Ihrer Verfügung!«

»Ich danke sehr, Herr Geheimrat!«

Der Sportsman erhob sich mit tadelloser Verbeugung und schritt hinaus...

Recht hatte er ja ...Recht in allem, was er sagte – der fuchsschlaue, eisig kühle alte Herr da drinnen.

Er war ein versinkender Schwimmer ...jetzt begriff Georg es selbst. Er konnte nichts, er hatte nichts ...in wenigen Wochen stand er vor dem Sein oder Nichtsein!

Und dann sich totschießen, nachdem man schmählich mit seinem prahlenden Hohne Schiffbruch gelitten ...nein ...dann gerade nicht!

Er mußte durchkommen! Er hatte die Empfindung, daß ihm nur die ersten Tritte und Griffe zum Aufwärtsklettern fehlten. Dann würde es schon weiter gehen.

Aber diese Tritte hießen eben: Wissen ... Geld ... und ehrlicher Name! ... drei für ihn unerreichbare Dinge ...

In dumpfer Verzweiflung schlenderte er weiter und weiter. »Wie wird das werden?« ging es ihm immer wieder durch den Kopf.

Ach ... er wollte jetzt nicht mehr daran denken. Morgen war auch ein Tag, und wenn dann die Sonne schien, gestaltete sich überhaupt alles weit besser. Heute wollte er anständig zu Mittag essen und dann ins Theater ... irgendwohin, wo es lustig zuging ... mit Gesang und Tanz und hübschen Mädchen.

An einer Litfaßsäule sah er nach den Zetteln der Operettenbühnen. Sein Blick blieb an einem Namen haften.

Cilli Spiegel! Wie kam denn die nach Berlin?

Er lächelte still vor sich hin. Er hatte Cilli wohl gekannt, als vor drei Jahren zur schönen Sommerszeit eine wandernde Operettentruppe auf ein Paar Wochen das kleine Garnisonstädtchen heimsuchte.

Recht gut hatte er sie gekannt.

Ein nettes Mädel! Nur ein bißchen Größenwahn hatte sie damals ... ihr drittes Wort war »Berlin« und »Karrieremachen«, und dabei konnte sie ganz grimmig aussehen und den sonst so schmachtenden Mund und das ganze rotbäckige Sündergesichtchen in finstere, entschlossene Falten legen.

Na ... nun war sie also glücklich in Berlin, die kleine Cilli – und von ihrem Größenwahn wohl gründlich geheilt.

Ob er sie aufsuchte?

Der Regen tröpfelte immer dichter und kälter. Er sah wieder das kleine Zimmerchen am Markt, drei Treppen, vor sich, in dem sie damals in malerischer Unordnung gehaust, die summende Kaffeemaschine auf einem Stoß Noten, Tische und Stühle mit Trikots und bunten Flittern übersät, und sie selbst dazwischen auf einer Nähmaschine Weißzeug säumend und, die Zigarette schief im Mundwinkel, melancholisch vor sich hinträllernd.

So trieb sie's jetzt in Berlin wohl auch.

Das war die rechte Stimmung für ihn: ein kleines Mädchen in seinem kleinen, warmen Zimmerchen, Zigarettenrauch und Kaffeedunst und gedankenloses Geschwatze ... da vergaß man die dumme Welt und die dummen Sorgen.

Im Adreßbuch eines Zigarrenladens fand er ihre Wohnung. Dann winkte er einem Kutscher. »Fahren Sie Hindersinstraße Dreiundzwanzig.«

VII

»Kutscher ... haben Sie mich denn recht verstanden? ... Hindersinstraße 23?«

Der Mann nickte nur und trieb sein Pferd an.

Merkwürdig, in was für eine aristokratische Gegend der Wagen rollte! Asphalt ... massive Herrschaftshäuser aus behauenem Stein ... Alles still und vornehm ...

Und besonders dies kleine Palais, vor dem die Droschke hielt. Unmöglich! Da konnte die kleine Vagabundin doch nicht wohnen.

»Fräulein Spiegel? Eine Treppe!« verkündete auf seine Frage eine unterirdische Stimme aus dem Portierfensterchen.

Also doch! Ganz verdutzt schritt er die eichengeschnitzte, teppichbelegte Treppe hinauf und zog den Klingelgriff, den ein bronzener Löwenkopf im Rachen hielt.

Es näherten sich hastig watschelnde Schritte. »Nu kommen Sie endlich, Herr Heinlein!« klang von innen im Aufgehen der Türe eine fettige, freundliche Stimme ...»...die Suppe wird ja ganz k...«

Die alte Dame brach erstaunt ab. Georg sah sie an. Natürlich ... das war Mama Spiegel ... die dicke Beschützerin der kleinen Cilli von einst ...

Und jetzt erkannte sie ihn auch. »Herrjeses!« rief sie, machte eine Bewegung, als wollte sie sich die Hand an der Schürze abwischen, und reichte ihm dann, sich besinnend, daß sie ja ein Seidenkleid anhabe, die fleischige Rechte ...»...Der Herr Leutnant Textor! ... ja ... wie kommen denn Sie ...?« sie nötigte ihn in den Flur ...»...spazieren Sie nur herein ... das Kind wird eine Freude haben!«

»Störe ich das Kind auch wirklich nicht?« fragte der kleine Sportsman zweifelnd. Denn von innen erklang deutlich Stimmengewirr und Gelächter.

Mama Spiegel schmunzelte und stieß die Türe auf. »I wo! Uns macht's Spaß, viele Leute um uns zu sehen! Und so ein lustiger Herr wie Sie...«

Wem denn »uns?«...der Alten? der Cilli? ...oder dem unbekannten Herrn Heinlein...? Georg kam nicht dazu, die Frage auszudenken...

Donnerwetter...war das ein Empfangszimmer Smyrnateppiche...Gobelins...die Venus von Medici zwischen Palmen...mächtige Oelbilder in Goldrahmen ...»Na,...Ihnen scheint's ja recht gut zu gehen, Mama Spiegel?« sagte er trocken und blieb stehen.

Mama Spiegel strahlte. »Nicht wahr, Herr Leutnant? Und alles bezahlt!...Ach ja...« sie neigte gerührt das Haupt mit den grauen Ringellöckchen...»...das tut einem wohl, wenn man soviel Freude an seinem Kind erlebt!«

»Hm...ja...« erwiderte der Herrenreiter etwas betreten, und bei sich dachte er: »Also auf die Art macht man Karriere in Berlin!«

»Wen hast du denn da, Mama?« klang eine helle Stimme von der Schwelle.

Da stand die Cilli, eine zierliche, mittelgroße Gestalt mit krausgelocktem Schelmenkopf, und lächelte, den Freund erkennend, kühl und liebenswürdig.

Sie schritt ihm schleppenrauschend mit der Würde einer Bühnenherzogin entgegen und reichte ihm die schmale Hand. »Willkommen, Herr Leutnant!« sagte sie, während er die Hand an die Lippen zog...»welch ein unverhofftes Vergnügen...«

Ganz Weltdame! So glatt und sicher, als sei sie nicht unzählige Male lachend und tollend auf seinem Schoß gesessen!

»Ich fürchte, allzu unverhofft, gnädiges Fräulein!«

Einen Augenblick spielte ein geheimnisvoll lächelndes Zucken der Erinnerung über ihr hübsches, keckes Gesicht. Dann neigte sie verbindlich das Köpfchen: »Bitte...treten Sie näher, Herr Leutnant!...meine Herrschaften...Herr Leutnant Textor...der berühmte Herrenreiter!«

Eine Anzahl Herren erhoben sich...

»Herr Doktor Grunäus«, fuhr Cilli mit der Sicherheit der Dame des Hauses fort und wies auf einen großen, wohlbeleibten Mann in den Vierzigern mit vollbärtigem Faungesicht und goldener Brille...»Herr von Lenski« – ein kleiner, magerer, schnauzbärtiger Herr – »Herr Ali

Pascha...« ein verlebt aussehender Mensch mit einem roten Fez auf dem Kopf .. »Baron Konstantin Silverband aus Kurland...«

Der Kurländer, ein knochiger, langer Geselle mit wüstem Gesicht, setzte sich wieder und schlug die Beine übereinander. »Ich habe Hunger!« erklärte er in hartklingendem Deutsch.

»Wann kommt denn Papachen endlich?« erkundigte sich der kleine Lenski aus der Ecke.

Die andern lachten.

Cilli zuckte die schmalen Schultern und ließ Georg neben sich sitzen. »Laßt mir das Papachen in Ruhe«, sagte sie. »Er muß noch Geld verdienen!«

Das schien also der Hausherr zu sein!

»Ich schlage vor, wir behandeln den Gastgeber heute zur Strafe ganz miserabel!« brummte der Doktor Grunäus.

»Aehnlich säh' es euch schon!« sprach Cilli vorwurfsvoll ...»der kleine Pascha ist noch der einzige Anständige...«

Das ärgerte den dicken Brillenträger. »Heda ... Sie verbummelter Jungtürke!« schrie er ... »wann werden Sie denn endlich an das goldene Horn eingeheimst?«

Der schlaffe hübsche Mensch machte eine abwehrende Bewegung mit der Hand und schloß die Augen.

Grunäus wandte sich zu Textor. »Haben Sie nicht auch so einen Kümmeltürken im Regiment?« fragte er ...»zwanzig hat die hohe Pforte neulich wieder, um den preußischen Kulturschliff zu gewinnen, nach Berlin geschickt. Neunzehn sind eingeschlagen ...aber der da ist hoffnungslos verlottert ...die Weiber ...wissen Sie...«

»Hören Sie mit Ihrem Getuschel auf, Sie russisches Reptil!« sprach der kurische Edelmann langsam ...»Sie erzählen doch nur wieder Schlechtes von irgend einem von uns!«

»Ich erzähle dem Herrn Leutnant, daß Sie vorige Woche die letzten Tannenbäume auf Ihrem Gütchen haben fällen lassen, um Ihr Lasterleben in Berlin noch einige Zeit zu fristen...«

Darauf erwiderte der finstere, lange Geselle nichts, sondern drehte sich nachdenklich eine Zigarette.

»Sie haben doch erst neulich den großen Schlag in Hoppegarten gemacht!« rief Lenski aufgeregt.

»Bei Ihnen, Lenski, hat Silverband gewonnen?« Der dicke Grunäus sah den hageren, gelblichen Herrn erstaunt an, ...»ja ...seit wann zahlen Sie denn Ihren Kunden wirklich einen großen Schlag aus?«

Der Buchmacher fuhr auf und wollte etwas Zorniges erwidern. Da legte sich Cilli ins Mittel: »Wenn Sie so sind, Grunäus!« sagte sie scharf ...»Dann ...bitte...gehen Sie lieber! ...Die ganze Zeit sitzen Sie stumm beiseite, und kaum ist der Herr Leutnant da, so...« sie brach ab und beugte sich zu Georg ...»das ist die reine Bosheit von dem Kerl!« flüsterte sie, und ihre Augen waren feucht vor Zorn ...»kaum kommt einmal ein anständiger Mensch in meinen Salon, so ekelt er ihn weg ...bloß aus Tücke ...und nie direkt ...immer so von hinten 'rum!«

»Werfen Sie ihn doch hinaus!« entschied Textor.

»Das kann ich nicht! Er hat zu viel Verbindungen ...und kommt überall hin ...und für die kleinen Zeitungen schreibt er. Wenn man so jemand beleidigt, dann kommen plötzlich hier und in Wien die Schmähartikel rechts und links in diese bösen kleinen Blättchen...man weiß nicht wie und von wem!«

»Nette Gesellschaft!« dachte der frühere Leutnant und lehnte sich zurück.

Eine peinliche Pause trat ein.

Da klingelte es draußen. Herr Heinlein, der lang Erwartete, kam!

Ein kleiner runder, beweglicher Herr zu Ende der Vierzig, eine dicke goldene Uhrkette über der blütenweißen Weste. Ein behäbiges Lächeln zog beim Anblick des Fremden über sein glattes, mit einem aufgedrehten Schnurrbärtchen geschmücktes Gesicht.

Cilli wollte vorstellen.

»Nicht nötig!« rief er und faßte mit seiner kleinen, weichen Hand die Rechte des Husaren...
»...ist mir eine Freude, Herr Textor! ...Ihr Name ist ein Programm ...sozusagen ...Noch voriges Jahr gewann ich auf Sie siebenfaches Geld, als Sie Alpenkönig mit einer Länge gegen den Captain Black herausritten. Sie erinnern sich? Ja ...das war so ein rechter Außenseitertag...«

Er wandte sich zu den andern, sie zu begrüßen.

Wie genau ihn dieser Mann kannte! Und wie seltsam, daß er ihn, als wisse er schon alles, mit »Herr Textor« statt »Herr Leutnant« anredete.

Immerhin fühlte sich Georg geschmeichelt.

»Herr Heinlein scheint viel auf dem Rennplatz zu sein!« bemerkte er zu Grunäus.

Der strich – noch mißmutig von vorhin – den blonden Vollbart.

»Und ob!« sprach er trocken...» ...das bringt sein Geschäft so mit sich!«

»Sein Geschäft?« ...Aber da war der behende kleine Herr wieder neben Georg.

»Reiten Sie dieser Tage ...?« fragte er vertraulich ...»oder haben Sie's aufgesteckt?«

Der Ex-Husar zog – verblüfft und ärgerlich zugleich – die Augenbrauen hoch ...»...Wie kommen Sie darauf, Herr...Herr Heinlein?«

»Na ...ich meinte nur!« erwiderte der harmlos ...»manche der Herren ziehen sich doch auch ins Privatleben zurück. Und gerade in diesen Tagen mehr wie sonst...«

Kein Zweifel ...er wußte, wie es mit Georg Textor stand. Aber das konnte doch noch nicht allgemein bekannt sein!

Der Sportsman sah dem kleinen Herrn ganz verblüfft nach, der jetzt in einer Ecke mit Lenski verhandelte.

»Das ist komisch,« sagte er zu Grunäus ...»...ich habe keine Ahnung, wer Herr Heinlein ist ... und der tut so, als ob er mich von Kindsbeinen an kennte.«

Der Dicke konnte seine Bosheit nicht unterdrücken, das sah man ihm an.

»Es gibt eine sehr einfache Erklärung dafür,« sprach er ...»...ich habe nicht das Vergnügen, über Ihre persönlichen Verhältnisse unterrichtet zu sein. Aber es soll ja zuweilen vorkommen, daß Husarenleutnants Schulden machen...«

»Na... und?«

»Nun ...haben Sie noch nie einen Geldmann gesehen?« Herr Grunäus lächelte spöttisch ... »...dann schauen Sie sich Herrn Heinlein recht genau an!«

Der Sportsman schüttelte den Kopf. »Ich kenne die Hunde,« murmelte er grimmig ...»...die sehen anders aus...«

Grunäus faltete mitleidig die Hände. Ein Lächeln lief über sein bärtiges Faungesicht.

»Sie sind noch naiv, Herr Leutnant!« sprach er langsam ...»Sie meinen, ein Mann wie Heinlein reist selbst in der Welt herum, um sich von, Husarenoffizieren etwas querschreiben zu lassen! Er ist doch nur der Hintermann, der nur bei ganz großen Geschäften, wo er keinem andern einen Nutzen gönnt, einmal hervortritt. Sonst bleibt sein Name im Dunkeln. Er hat seine Strohmänner, die ihn ums Totschlagen nicht verraten, auch wenn sie, wie das gelegentlich wohl vorkommt, hereinschliddern. Wenn Sie irgendeinem Mann in der Mittel- oder Blücherstraße Ihr Autogramm auf einem Streifen Papier dediziert haben, dann trinken Sie jetzt bei Tische ordentlich von dem alten Bordeaux! Damit schädigen Sie Ihren wahren Gläubiger!«

»Darf ich bitten, Herr Leutnant?« Cilli trat mit anmutig erhobenem Arm, um sich von ihm zu Tische führen zu lassen, auf ihn zu, und man ging in das Speisezimmer, wo ein korrekter Diener und ein sauberes Hausmädchen, der Gäste harrend, am Kredenztisch standen.

»Auch nach Ihnen, wie nach jeder verkrachten Existenz, wird die Halbwelt ihre Fänge ausstrecken!« die Worte des alten Bankherrn kamen Georg beim Tafeln in den Sinn.

Ja, wahrhaftig ...da war er mitten drin.

Diese Menschen, die um den geschmackvoll arrangierten, von Silberzeug strahlenden Tisch saßen, benahmen sich tadellos. Wehe, wer hier das Brot geschnitten, den Fisch mit dem Messer gestochen hätte.

Sie waren alle gut und modisch gekleidet. Sie sprachen – mit Ausnahme der unmöglichen Mama Spiegel – halblaut, und was sie sagten, war auch nicht anders, als man es sonst wohl hörte …Kulissengeschwätz, Turfgesimpel, Börsengezänke und dergleichen.

Und doch war es eine ganze Skala zweifelhafter Existenzen – von der in ihrer Art naiven Cilli und dem auf Pump lebenden kurischen Baron bis herab zu diesem unheimlichen Heinlein, der in rosigster Laune scherzend und lachend den Ton angab und gar nicht auf den Gedanken zu kommen schien, daß ihn einer der Anwesenden nach Grunäus' Rezept schlecht behandeln könne.

Im Gegenteil …sie hatten Furcht vor ihm! Der dicke blonde Brillenträger auch! Das merkte Georg an dem Eifer, mit dem jener seine Bosheit von vorhin wieder gut zu machen und Cilli zu versöhnen suchte.

Jawohl. Das war die Halbwelt.

Der einzige, möglicherweise anständige Mensch im Zimmer war der junge, geräuschlos seines Amtes waltende Diener, den Heinlein auf dem Kutschbock mitgebracht.

Offenbar ein früherer Offiziersbursche. »Ich möchte wohl wissen, was der Kerl von den Leuten denkt, denen er stumm die Platten serviert!« ging es Georg durch den Kopf, und es war ihm nicht sehr behaglich dabei zumute.

Das Mahl war beendet. Der Champagner perlte. Cilli braute geschäftig den Kaffee und goß ihren Hausfreunden die wunderlichsten Likörmischungen in die Gläser. Sie war ungeduldig. »Ich weiß gar nicht, wo Lulu bleibt!« klagte sie.

Mama Spiegel, die einen puterroten Kopf hatte, tröstete sie: »Wird schon kommen, Kind!«

»Da ist sie!« schrie Cilli, als draußen die Klingel klang, und riß die Türe auf…»…'rin, mein Puttchen!«

Ein hübsches junges Mädchen, beinahe noch ein Backfisch, fegte wie ein Wirbelwind herein. »Uff, Kinder!« rief sie und warf Hut, Handschuhe und Jackett irgendwohin zur Seite…»…Tag, Papa Heinlein …mein Herr…« sie verbeugte: sich würdevoll gegen Georg …und dann wieder zu den andern: »…so 'ne Nachmittagsvorstellung …diese Vereine … na … nun ist's überstanden … und gemimt hab' ich …einfach schneidig!«

»Wieviel Worte?« erkundigte sich Grunäus.

Sie überlegte. »Elf! …aber fein! …du, Cilli…« …ihr Gesicht wurde traurig …»…wenn du mir nicht was Schönes zu essen aufgehoben hast …dann fang' ich an zu weinen…«

»Du kriegst ein kaltes Rebhuhn, Goldchen!« tröstete sie Cilli …»…und unterdes backen wir dir was Süßes! …und Trauben kriegt Lulu auch, wenn sie lieb ist…«

»Danke schön!« Die beiden Mädchen küßten sich so leidenschaftlich, als hätten sie sich seit Wochen nicht gesehen. Die Herren lachten und protestierten. Es herrschte ein ziemliches Getümmel im Zimmer, durch das Lenski durchdringend den Gigerlmarsch pfiff.

Georg sah erstaunt auf Lulu und Cilli. Er wußte noch nicht, daß solche leidenschaftliche Bühnen-Freundschaften in Berlin häufig seien. Da fühlte er sich in dem Lärm am Arm berührt.

Herr Heinlein stand neben ihm.

»Kommen Sie mal da herein, Herr Textor!« sagte er halblaut und vertraulich, auf das Nebenzimmer deutend …»da können wir ungestört ein paar Worte miteinander reden…«

Und da saßen sie auch schon nebeneinander auf dem Diwan in dem halbdämmerigen Raum, in den vom Speisegemach her Kerzenglanz, Lärm und Gelächter drang. Georg wußte selbst nicht, wie er dazu kam, diesem aufdringlichen und so seltsam gönnerhaften Menschen zu folgen. Der Kerl war ihm unheimlich. Aber vielleicht eben darum fühlte er sich ihm gegenüber so willenlos.

»Na …was werden Sie nu eigentlich beginnen, Herr Textor!« Der andere zündete sich bedächtig eine Zigarre an.

Georg raffte seinen ganzen Hochmut zusammen.

»Sagen Sie mal, Verehrtester!« erwiderte er in dem näselnden Kavalleristenton des Kasinos … »…Sie scheinen sich ja sehr für meine Angelegenheiten zu interessieren!«

»Weil ich Ihnen einen Vorschlag machen will! … Sie haben den Abschied bekommen … oder bekommen ihn dieser Tage … aber reden Sie doch nicht! … Ihr Name steht in allen Zeitungen mit unter der schwarzen Liste von Hannover … da frag' ich Sie also still und vertraulich: Was nun?«

Der Sportsman bemühte sich, ein möglichst gleichgültiges Gesicht zu machen. »Zunächst«, sagte er und streifte die Asche von seiner Zigarette …»…werde ich den Staatsanwalt auf einige dunkle Ehrenmänner aufmerksam machen, die leider das Schicksal des alten ehrlichen Seemann noch nicht teilen, sondern noch frei herumlaufen!«

»Tun Sie das nicht!« Herr Heinlein legte vertraulich seine Hand, die klein und glatt war wie die einer Frau, auf den Arm des Husaren …»…zu verdienen gibt's da nichts, sondern nur Zeit und Mühe zu verlieren … und was haben Ihnen die armen Teufel getan? Den wirklichen Geldmann kriegen Sie ja doch nicht zu fassen!«

Der kleine Herrenreiter drehte sich rasch zu ihm und sah ihm scharf ins Auge. »Kennen Sie ihn etwa?« fragte er leise und drohend.

Herr Heinlein lächelte gutmütig. »Bin ich 'n Gedankenleser? Aber nu' zum Geschäft! … Da sehen Sie mal« … er reichte dem andern ein Zeitungsblatt herüber. Es schien, soweit Georg in der Dämmerung erkennen konnte, ein illustriertes Witzblatt zu sein. Die Buchstaben: »Paprika« glänzten fettgedruckt darüber.

»Das hab' ich gegründet,« sprach der rundliche kleine Herr …»…so in der Art vom *Gil-Blas illustré* … wissen Sie … so etwas fehlt uns … was ordentlich Pikantes, das in allen Barbiersalons und den Wiener Cafés aufliegt und in breitem Streifband ins Haus geschickt wird. Dann kommen auch die Annoncen … Sie wissen schon … und 's ist ein Haufen Geld zu machen! Aber vorderhand geht's ganz flau damit…«

»Das wundert mich nicht!« meinte der Sportsman trocken.

»Und warum geht's flau?« fuhr der andere eifrig fort …»…weil der Redakteur nichts taugt. Du lieber Gott…ja …der Mann tut's billig …aber 's ist auch danach …da brauch' ich einen fixen Menschen … sehen Sie … einen eleganten Kerl, der immer unterwegs ist … jetzt sitzt er draußen in Hoppegarten und läßt sich bei 'nem Glase Punsch von irgendeinem grünen Reitburschen die Stallgeheimnisse ausschwatzen, und da ist er schon wieder im Boudoir des Fräulein Lulu oder der Cilli drinnen oder so einer … und interviewt sie, wie sie als Künstlerin über das Heiraten, die Puffärmel, die moderne Richtung und den Kuß auf der Bühne denkt … hastenichtgesehen, ist unser Mann schon wieder weiter. Im Foyer des Reichstags fällt er einen Abgeordneten mit gespitztem Bleistift an: »Herr Doktor … wie steht's mit den neuesten Enthüllungen des »Vorwärts«?« … und gleich darauf ist er wieder im Spezialitäten-Theater … kleine Vormittagsprobe vor geladenem Publikum mit kaltem Büfett und 'ner Reklamenotiz hinterher … sehen Sie … das ist ein Leben … das wär' was für Sie …!«

»Für mich?«

»Freilich … Sie sind jung … mit der ganzen Lebewelt vertraut … Es kommt mir auf 50 … 75 Taler im Monat nicht an, wenn Sie sich gut hineinarbeiten! Sie können's! Hingegen … der Baron … ich meine den Mann, der die Sache jetzt fingert … ja … lieber Himmel … außer dem feudalen Namen ist es eben nichts mit ihm! Ein alter, unbehilflicher Herr … faßt alles nur mit den Fingerspitzen an … und dann … wissen Sie … ich bin ja nicht prüde … das Blatt soll ja Klatsch bringen … Hofklatsch … Kulissenklatsch … Stadtklatsch … allen Klatsch … und alles eben ordentlich mit Paprika … Der Name ist gut … meine Erfindung … aber wenn da der Redakteur schon ein Jahr in stiller Zurückgezogenheit zugebracht hat … das schadet doch ein bißchen beim Publikum. Ein Jahr hat der alte Baron nämlich gesessen. Wie er – noch als ganz feudaler Kammerherr, was er natürlich längst nicht mehr ist – 'mal einen Wechsel zu unterschreiben hatte, da dachte er plötzlich, er heiße nicht mehr Freiherr von Hoffäcker, sondern…«

Georg fuhr auf …»…Hoffäcker … sagen Sie …?«

»Ja! … Feiner Name! … Nicht? Und was nun das Schlimmste ist: der alte Herr und sein Fläschchen sind immer beisammen. Manchmal ist er 'nen halben und ganzen Tag überhaupt nicht zu sprechen! Nu frag' ich Sie selbst …«

»Hat er eine Tochter?«

»Ja. Ich glaube. Aber nicht hier. Irgendwo in der Provinz bei Verwandten...«

Arme Thea! Jetzt wurde Georg die Szene gestern früh im Eisenbahncoupé klar, und er begriff, warum der knöcherne Regierungsrat das junge Mädchen so traurig angesehen und so seltsam sein »arme Thea!« gesagt hatte...

»Es tut mir leid, meine Herren...« Cilli trat, die hübsche Lulu am Arm wie eine Puppe mit sich schleifend, in das Zimmer ...»aber ich muß Adieu sagen. Die Kunst ruft. In einer Stunde muß ich vor einem Dutzend Onkels aus der Provinz und einem Schock Freibilletts an diesem schönen Sommerabend den Prinzen Orlofsky aus der »Fledermaus« verzapfen. Kommen Sie vielleicht auch ins Theater, Herr Leutnant?«

»Für heute, gnädiges Fräulein, muß ich um Urlaub bitten!« Der Ex-Husar erhob sich, küßte den beiden Mädchen und Mama Spiegel, die ihm mechanisch ein fettiges »Kommen Se bald wieder!« mit auf den Weg gab, in tadelloser Höflichkeit die Hand, verbeugte sich vor den Catilinariern im Speiseraum und stieg mit wirrem Kopf die Treppe hinunter.

Heinlein war ihm gefolgt.

»Soll ich Sie 'ne Strecke mitnehmen?« fragte er, auf sein Coupé deutend, und setzte, da Georg verneinte, heiteren Tones hinzu: »Also überlegen Sie sich den Fall ...zum Donnerwetter ... Mann ...so billig wie Brombeeren sind die Brotstellen hier in Berlin nicht. Das werden Sie später schon noch zu Ihrem Schaden erkennen lernen!«

»Sie sollen den Baron ja nicht verdrängen!« rief er ihm noch aus dem Wagen zu ...»...Sie sollen mit ihm zusammen arbeiten! ...Sagen Sie mir morgen nachmittag auf dem Rennen in Karlshorst Bescheid! ...Mahlzeit, Herr Textor!«

Die Pferde zogen an und entführten den heiteren, kleinen Herrn. Weithin klang das Donnern der Hufe durch die stille Straße, und zeichneten sich die majestätischen Gestalten des Kutschers und des Dieners von dem grauen Abendhimmel ab.

Er sollte mit dem Baron zusammen arbeiten! ...Georg schlenderte in tiefem Sinnen durch den Tiergarten dahin. Dann würde er auch Thea wiedersehen! ...Jeden Tag wahrscheinlich!

Und was war damit gewonnen?

Gewiß. Sie tat ihm leid. Aber um des armen Mädels willen konnte er doch nicht eine solche Beschäftigung übernehmen, in die Dienste eines Mannes treten, dem er wahrscheinlich einen großen Teil seines Unglücks verdankte.

Aber andererseits ...Es gibt ein Sprichwort: »Halte, was du hast!« Und hier in Berlin etwas zu haben –, die Erkenntnis dämmerte seinem Kleinmut immer mehr auf –, das war ein schwereres Stück Arbeit, als sich ein lebenslustiger Husarenleutnant träumen läßt.

Und Thea ...er ärgerte sich über seine Gedanken ...immer wieder Thea! Aber wie unglücklich mußte jetzt die arme Kleine sein, wie bitterlich enttäuscht, die heute morgen so übermütig und stolz auf ihrer Flucht nach Berlin ihm gegenübergesessen hatte.

Jetzt wußte sie wohl schon die ganze Wahrheit oder erfuhr sie in den nächsten Stunden.

Und dann ...dann stand sie ratlos und verzweifelt da. Was sollte so ein armes kleines Mädchen denn machen? Sie konnte in Berlin zugrunde gehen, sie mußte zugrunde gehen, wenn man ihr nicht half.

»Wenn ich diese Stellung annehme...« entschied Georg bei sich ...»...dann geschieht es nur um dieser kleinen, lieben Thea willen. Die werd' ich denn doch vor Heinlein und Konsorten retten!«

Dabei mußte er selbst trotz seines Trübsinns beinahe lachen. Er hatte es nötig ...er, dem selbst das Wasser schon bis zur Kehle ging, sich auch noch um andere Menschen zu kümmern!

In der Zeit seines Glücks hatte er das auch nie getan, sondern gleichgültig, als eleganter Lebemann, mit ebensolchen Genossen die Dinge an sich vorübergehen lassen. Sentimentalität, leidenschaftliche Aufwallungen, unbestimmte Sehnsucht und melancholische Nächstenliebe verboten sich in diesem Kreise kühler Gigerln von selbst. Denn sie machten lächerlich.

Ja, gewiß … er hatte als ein recht kalter, verderbter Bengel in den Tag hinein gelebt … Georg Textor sah das seufzend ein. Aber wie kam er jetzt dazu, für andere zu empfinden? … Jetzt, wo Not und Sorge auf ihm lasteten und ihn eigentlich doppelt egoistisch machen mußten?

Statt dessen ein melancholischer Drang, sich an andere anzuschließen, anderen Gutes zu tun!

Der kleine Sportsman begriff das nicht. Er wußte nur, daß das blasse, träumerische Gesicht, von dem er diesen Morgen im Getümmel des Bahnhofs Abschied genommen, ihm durchaus nicht den gewohnten und flüchtigen Sinnenkitzel erregte, sondern eine tiefe, mitleidige Zärtlichkeit, in der er sich selbst als ein weit besserer und anständigerer Mensch vorkam…

»Merkwürdig!« dachte er bei sich …»aber wenn das die erste Wirkung der Not ist, daß man andere Menschen lieb bekommt und ihnen helfen will, dann kann ja noch manches gut werden!«

VIII.

Regen ... Regen ... endlos triefender, rauschender Regen. Grauer Himmel über nassem Asphalt ... ein Meer von grämlichen Regenschirmen auf den schmutzigen Straßen, Kälte und Feuchtigkeit überall ... Thea wäre am liebsten zu Hause geblieben, als Herr von Hoffäcker sich am nächsten Tage zum Besuch des Rennens rüstete, den grauen Zylinder ausbürstete, einen Bleistift anspitzte und ein leeres Opernglas-Futteral umhing.

Aber sie wollte ihn nicht allein lassen ... keine Stunde mehr ... und schritt fröstelnd an seinem Arm und unter seinen Schirm sich duckend, zum Bahnhof Friedrichstraße.

Heute fehlte der übliche Faustkampf um die Coupéplätze. Die Extrazüge fuhren halbleer aus der riesigen, schiefgewölbten Halle weiter in die graue Welt hinaus. Selbst in den prunkvoll ganz vorne rollenden Sonderwagen des Union-Klubs schimmerten nur spärliche Uniformen und braungelbe Paletots und ganz vereinzelte Damenhüte.

Bei dem Hundewetter ging nur hinaus, wer mußte, ein fragwürdiges Häuflein, das schläfrig durch die regenblinden Scheiben auf die vorbeiziehenden Kartoffeläcker starrte. Freilich, an einem solchen Tage konnte man auch einen großen Coup machen! Der glatte, aufgeweichte Boden veränderte alle Chancen. Die leichtgewichteten Gäule hatten Oberwasser – es konnte eine ganze Reihe von Stürzen geben und unabsehbare Odds, wenn man den rechten Außenseiter traf.

Trübselig wateten die Gruppen mit hochgeklappten Rockkragen und gegen den Wind gedrehten Schirmen vom Bahnhof über den gelben Kiesweg durch das kümmerliche Stangenholz zum Rennplatz. Das helle Schmettern der Musik klang heute wie Hohn über die weite Fläche mit ihren hochragenden Tribünen, den Hürden und groben Hindernissen, mit ihren triefenden Busch- und Baumgruppen, dem dampfenden Wäldchen und dem künstlichen See, in dem die Ringe der Regentropfen durcheinanderzitterten.

Die paar hundert Menschen verloren sich fast auf diesem großen, unermüdlich von neuen Schauern überrieselten Raum. Da und dort zeigte sich ein Jockey, in seinem bunten Dreß so seltsam versprengt inmitten dieser farblosen Welt wie ein Kolibri auf der Lüneburger Heide, das eintönige Grau der Offiziersmäntel leuchtete in Gruppen auf, und als schwarze, braune und gelbe Punkte wanderte das Zivil fluchend und frierend über die weiten Rasenplätze und langen Kieswege dahin.

Selbst am Totalisator ging es schläfrig zu. Nur in langen Pausen klang sein Rasseln durch das einlullende Rauschen der himmlischen Flut.

»So schlägt man sich nun durchs Leben, mein Kind!« sprach Herr von Hoffäcker trübselig ... »...man stapft in dieser Schlammbrühe umher, man sieht, wie unschuldige Tiere sich das Genick brechen, und muß das Geld von fremden Dummköpfen am Totalisator verspielen!«...

Damit näherte er sich einer der Drehtüren des Totalisators.

»Warte nur draußen, Thea! ... Damen dürfen hier nicht hinein. Ich komme gleich wieder, sowie ich meine Aufträge ausgeführt hab'...« Und sinnend murmelte er, in sein Notizbuch blickend, vor sich hin: »I. Rennen, 2 auf die Drei, 1 auf die Sieben, 1 auf die Acht!«

Eben als er dem Beamten sein Ticket vorwies, stieß er auf einen kleinen, rundlichen Herrn, der nebenan aus dem Schalterraum trat.

»Ah ...! 'Morgen, alter Baron!« sprach Herr Heinlein gönnerhaft und vertraulich, und dann leise, indem er ihn etwas beiseite zog ...»...was machen Sie denn da wieder? ...Einsätze für fremdes Geld? ... Sie wollen wohl von der Bahn verwiesen werden? ...und außerdem ...Sie wissen ... ich lieb' das nicht! Sie sind bei mir so gestellt, daß Sie's nicht nötig haben, sich nach einem solchen Nebenerwerb umzusehen ...verstanden?«

Der alte Herr blickte hilfesuchend umher. Sein Auge fiel auf Thea, in deren Nähe sie getreten waren.

»Ja ...allerdings ...Herr Heinlein...« erwiderte er verwirrt ...»...wenn Sie das so meinen ... übrigens ...darf ich vorstellen ...Herr Heinlein ...meine Tochter Thea!«

Thea neigte gleichgültig das Haupt. Der Herr mißfiel ihr.

Der aber stand ganz verblüfft und setzte nur zögernd den schwarzen Filzhut wieder auf. Alle Wetter ja … Wo hatte denn der Alte das Mädel aufgetrieben? Das war ja eine fabelhafte Ueberraschung.

Und das schlimmste dabei war: Herr Heinlein fühlte sich sofort unbehaglich, verlegen, wie noch jedesmal in den paar Fällen, wo ihn der Zufall mit Damen der höheren Gesellschaft zusammengeführt hatte. Ihre Väter, ihre Gatten und ihre Brüder, die imponierten ihm nicht im geringsten! Diese Kavaliere hatte der kleine fröhliche Herr seit Jahrzehnten in allen ihren Schwächen kennen gelernt.

Aber anders die Damen! Diese eigentümliche, liebenswürdige Kühle, diese selbstbewußte, lächelnde Ruhe des Salons, die wie ein zartes Parfüm sie umwehte, die erinnerte ihn immer, er mochte wollen oder nicht, an ein ziemlich dunkles Gewölbe mit Kaffeesäcken und Heringsfässern – und an einen jungen, blau und rotgefrorenen, von allen Seiten geknufften jungen Menschen, namens Heinlein, der dort seufzend erkannte, daß ehrlich am längsten währt, und sich nach einigem Besinnen dann für den kürzeren Weg entschied.

Also, wie gesagt, er war verlegen. Mit Cilli und Genossinnen – *den* Umgangston traf er instinktiv. Aber hier … nein … er wandte sich lieber an den Baron.

»Ein Hundewetter, mein lieber Hoffäcker!« sprach er, sich die Hände reibend …»…aber was soll man machen? An der Börse ist nichts los … die kleine Bluffpartie am Abend noch in weiter Ferne …'n bißchen Aufregung braucht der Mensch … na … und da…« er lächelte Thea verbindlich an …»…da hab' ich nu eben so'n paar Kassenscheine auf Kirawedda gesetzt.« Thea schwieg.

»Was wollen Sie, Herr Heinlein?« seufzte ihr Vater …»Sie sind freiwillig hier draußen. Aber wenn ein alter Mann wie ich sich hier die Gicht holen muß…«

Herr Heinlein reckte sich auf, um den ihn hoch überragenden alten Herrn vertraulich auf die Schulter zu klopfen. »Brauchen Sie nicht mehr, Barönchen! … Sie bekommen eine jüngere Kraft zur Seite … eine Art Adjutanten … hähä…«

»Ja … und ich?« fragte Herr von Hoffäcker ängstlich.

Sein kleiner Brotherr warf einen verstohlenen Blick auf Thea. »Sie bleiben natürlich, Bester! … nur die grobe Arbeit wird Ihnen abgenommen. Ich hab' gestern durch Zufall einen frisch geschwenkten Leutnant getroffen … Sie kennen jedenfalls auch seinen Namen … Textor von den 22. Husaren … leidlicher Herrenreiter … überhaupt flotter Bengel … Das ist unser Mann … übrigens … da kommt er eben angestiefelt…«

In der Tat, … da bummelte der kleine Sportsman mißmutig, den schwarzen Hut ins Genick zurückgeschoben, die Hände tief in den Taschen des kurzen Paletots, mit aufgekrämpten Beinkleidern seines Weges und blieb dann verblüfft vor der Gruppe stehen.

Herr Heinlein stellte mit der ganzen scherzenden Eleganz des Weltmanns vor:

»Mein gnädiges Fräulein … ich präsentiere Ihnen hier Herrn Leutnant a. D. Textor, von dessen Heldentaten auf dem Turf Sie gewiß schon gehört haben. Herr Textor … Herr Baron von Hoffäcker! … Mögen sich die beiden Herren gut miteinander vertragen!«

Die beiden Redaktionskollegen des »Paprika« sahen sich an, lüfteten die Hüte und reichten sich stumm die Hand.

»Und nun…« Herr Heinlein kam nicht dazu, weiterzusprechen. Ein schrilles Glockenzeichen hallte über den Platz, und etwa zweihundert Schritt vor ihnen zog in feierlichem, stelzendem Gänsemarsch ein halbes Dutzend Vollblüter, von Reitburschen geführt und in dem winzigen Rennsattel bunt gekleidete, lauernd zusammengekauerte Zwerge tragend, quer hinüber zur Bahn.

»Donnerwetter…« rief, Theas Gegenwart vergessend, Heinlein …»sie kantern auf! … da muß ich doch…«

Und eilig lief er mit den andern, spärlich zerstreuten Turfbesuchern über den feuchten Kies um die Tribüne herum nach vorn.

Der greise Freiherr blickte ihm finster nach. »Verfluchter Sklavenhalter!« brummte er halblaut vor sich hin. Dann besann er sich plötzlich. »Ja so … meine Einsätze! … Das ist höchste Zeit!«

Durch die Drehtüre, die der Beamte schob, stürmte der alte Herr mit langen, zitterigen Schritten, unterwegs noch einmal seine Nummern und Zahlen murmelnd, auf die Schalterreihen zu.

Georg und Thea blieben allein.

Es war fast kein Mensch ringsum zu sehen. Nur ein Dutzend Beamte in den Totalisatorbuden, ein paar Türhüter am Eingang, einige Kellner und Mädchen im Innern des dunklen Tribünenrestaurants.

Alles andere hatte sich nach vorne gezogen – auch der Freiherr lief jetzt, ein Bündel Tickets in der Westentasche bergend, mit hochrotem Gesicht an ihnen vorbei zur Tribüne, von der in kurzen Pausen vereinzelte Flüche, Rufe und Gelächter das abermalige Mißlingen eines Starts verkündeten.

Und um sie her rauschte und rieselte eintönig der Regen über das weite, weite Feld.

Sie standen schweigend beisammen. Gleichsam beschämt, wie zwei Leute, die sich gegenseitig auf einer Lüge ertappt haben. Und eben darum doch wieder Bundesgenossen.

Gestern im Coupé – er als der feudale Leutnant Textor und sie die Tochter des reichen Kammerherrn... und heute ... ja, da standen sie und mußten die Scherze eines Heinlein über sich ergehen lassen...

Wie blaß sie aussah! ... Georg schaute sie mitleidig an ... die letzten sechsunddreißig Stunden mochten das arme Mädel furchtbar mitgenommen haben.

Er mußte Gewißheit haben!

»Werden Sie Berlin bald wieder verlassen, gnädiges Fräulein?« fragte er leise und stockend.

Sie schüttelte den Kopf, daß die feuchten, dunklen Locken flogen und starrte auf den Boden, in dem ihre Stiefelspitze allerhand Furchen und Rinnen zog.

»Ich bleibe hier. Bei Papa. Er hat mich nötig!...«

Gott sei Dank! Es war Georg, als löse sich eine schwere Last von seiner Brust. Sie blieb hier! Er würde sie täglich sehen!

»...Da Sie ja jetzt mit Papa das Blatt schreiben sollen...« sie hob den Blick nicht von der feuchten Erde ...»so haben Sie ja gewiß schon manches erfahren ... oder werden es erfahren...«

»Ich weiß alles, mein gnädiges Fräulein!«

Sie hob rasch den Kopf. Fragendes Erstaunen lag in ihren schwermütigen Augen.

Jetzt war die Reihe an dem früheren Husaren, sich in den Anblick des feuchten Kieses zu vertiefen.

»Ich habe Ihnen gestern meine Visitenkarte von früher gegeben,« murmelte er...»aber inzwischen...«

»Ich weiß! Herr Heinlein hat es eben erzählt!«

»Sehr freundlich!« Ein bitteres Lächeln umspielte die glattrasierten Lippen des Sportsmans ... »und glauben Sie nun wirklich, daß jemand, der mit Schimpf und Schande aus seinem Beruf gestoßen ist, daß der zum Sittenrichter über andere taugt? ... Ich glaub's nicht! Ich urteile über niemanden mehr ab, weder über Ihren Herrn Vater noch sonst wen!«

Thea nickte, schmerzlich die roten Lippen zusammenpressend, und beide schwiegen. Endlos rauschte und rieselte um sie der Regen und zuweilen klang das ferne Stöhnen des Windes über die Blachfelder herüber.

»Das ist alles so traurig!« sagte Thea endlich und schaute sehnsüchtig vor sich in die Weite ... »so ganz anders als man denkt und träumt. Mir ist, als wäre mindestens ein Jahr vergangen, seit wir gestern zusammen nach Berlin gefahren sind.«

»Ja ... das ist nun mal das Menschenleben!« meinte der kleine Herrenreiter bedrückt.

Das schöne Mädchen richtete sich auf und ballte in Ungeduld und Zorn die Hände ...»Wenn das Leben so ist,« sprach sie rasch und finster ...»so ganz grau und häßlich ... dann hat es doch wirklich keinen Zweck! Dann ist es schon vernünftiger, man macht die Ofenklappe zu und legt sich schlafen ... oder kocht sich Schwefelhölzchen, wie's die verliebten Dienstmädchen tun...«

Georg erschrak. »Aber mein liebes Fräulein!« er versuchte zu lächeln ...»...aus Ihrem Munde solche Worte...«

»Haben Sie noch nie daran gedacht?«

Darauf konnte er nichts erwidern, sondern sah zur Seite, von wo eben durch den Wind und Regen wieder ein Glockenzeichen tönte. »Es geht los!« rief er ...»das hat mit dem Start diesmal lang' gedauert ...«

Sie blieb ruhig stehen. »Ach ...lassen Sie doch nur die Pferde laufen ...das kommt mir heute alles so töricht vor. Ich bin ja so tieftraurig ...«

»Ich auch!« sprach er ...»...und bei mir kommt noch das schlechte Gewissen dazu! ...All meine dummen Streiche ...zählen kann man sie überhaupt nicht. Eigentlich haben Sie ja ganz recht: Wer mir einen Groschenstrick und einen Kleiderhaken zum Aufhängen schenkt, der tut ein gutes Werk!«

Sie mußte unwillkürlich lächeln. »Wollen Sie denn nicht lieber in sich gehen und sich bessern?« fragte sie.

Der Sportsman nickte ernst und gewichtig. »Das will ich!« sprach er ...»...nicht für mich selbst! Das wäre zu langweilig ...sondern ...hauptsächlich ...um auch andern helfen zu können!«

»Ja...wem denn?«

Dir ...du armes, süßes kleines Mädel! ...Nein ...das konnte er doch wohl noch nicht sagen ... Er stockte ...»Nun ...Ihrem Herrn Vater zum Beispiel...« meinte er ...»...dem könnte ich ja gleich ganz nützlich sein...«

Da ging zum erstenmal ein heller Schimmer der Freude über ihr blasses Gesicht. Sie reichte ihm die Hand.

»Wollen Sie das wirklich, Herr Leut ...Herr Textor!«

»Aber gewiß ...das tu ich! Darauf geb' ich Ihnen mein Wort ...ja so ...das hab' ich eigentlich nicht mehr...«

»Ich nehm's schon!« sagte sie schnell ...»...und ich dank' Ihnen von Herzen! Der arme, gute, alte Papa! ...Er hat ja keinen Freund mehr. Alle hacken auf ihn los ...Alle...«

»Jetzt wird das anders!« rief der Ex-Husar eifrig.

»Ich weiß ja...« fuhr sie fort ...»...es war nicht recht, was er getan hat ...und er ist so schwach...«

»Schadet nichts! Sie stützen ihn rechts!«

»Und Sie links!« sagte Thea hoffnungsvoll.

»Und dann muß die Geschichte gehen!«

Ein freundliches, sorgloses Lächeln spielte dabei um seine Lippen. Sie schaute ihn an und lachte zum erstenmal wieder noch halb unter Tränen wie ein Kind.

»Wie tapfer Sie aussehen!« sprach sie herzlich.

Der zähe kleine Herrenreiter reckte sich unternehmend in die Höhe. »Bin ich auch, mein gnädiges Fräulein! Courage gehört zu den schönen Dingen, die einem eine hohe Obrigkeit trotz aller Anstrengungen nicht abknöpfen kann. Und ich besitz' 'nen ganzen Haufen davon!«

»Ich wollt', ich hätt' auch soviel!« Ihr Gesicht wurde wieder betrübt.

Der Sportsman tröstete sie, und es war ihm wohlig dabei zumut, als er sah, mit wie gläubigen Augen sie zu ihm aufschaute. »Ich geb' Ihnen davon ab! ...soviel Sie haben wollen!«

»Ach ja!« sagte sie dankbar ...»...ich brauch's ...wegen Papa ...sonst kann ich ihm nicht helfen...«

»Wir helfen ihm beide!« entschied Georg gewichtig ...»Der alte Herr wird einfach von uns untergefaßt und mit sanftem Zwang auf den Pfad der Tugend geleitet! Und dazu...« ...ein leichtsinniger Wagemut verklärte sein hageres Gesicht ...»dazu singen wir, wie's in der Operette heißt:

> Trotz allem Pech ein lustig Lied!
> Drum, Schicksal, schlag' nur zu!
> Wir wollen sehn, wer eher müd'...«

» ...Ich oder du!« ergänzte sie hell auflachend. »Das hab' ich in Posen auch gehört!«

Die beiden sahen sich fröhlich an, wie zwei gute Kameraden.

»Das ist nett!« sagte Thea ...»...daß wir uns nun in dieser weiten Welt doch wieder getroffen haben! Nun fühle ich mich gar nicht mehr so allein!«

»Ich auch nicht!« sprach er und beide schwiegen. Der Regen rauschte um sie, von ferne stöhnte der Wind und ein seltsames, unerklärliches Bangen durchzog seine Brust.

Von der Tribüne her ertönte verworrener Lärm und ein Glockenzeichen.

»Kommen Sie!« Thea vermied es, ihn anzuschauen ...»wir wollen nach vorn gehen.«

Dort war das Rennen gerade vorüber. Ein hagerer Jockey ritt an ihnen vorbei im Schritt auf dampfendem Roß durch den Regen. Vereinzelte Bravos begleiteten ihn auf seinem Weg zur Wage.

Aber die Mehrzahl der Besucher hatte sich nach vorn an die Barriere gedrängt. Dicht davor stand mitten auf der Rennbahn ein regloses Pferd. Sein rechtes Vorderbein war gebrochen, so daß der Huf und ein Stück des Sprunggelenks rechtwinklig abgeknickt auf dem Grase lag, nur durch das Fell mit dem Knochenende verbunden, auf dem das Bein ruhte.

Ein paar Herren standen daneben. Aus der Ferne kam ein Mann mit einer langen Flinte.

In dem Publikum herrschte ängstliche Aufregung. Namentlich unter den paar anwesenden Damen gebürdete sich die eine und andere ganz hysterisch, ließ sich auf einen Stuhl heben, sprang mit einem Aufschrei wieder herunter, als der Mann mit dem Gewehr hinter das Pferd trat, bedeckte die Augen mit den Händen und schielte doch wieder zwischen den Fingern gierig nach der Szene.

Jetzt krachte der Schuß. Der Gaul schwankte, fiel plump vornüber und begann sich schwerfällig hin und her zu wälzen, während eine dunkle Blutlache um seinen Kopf sich rasch vergrößerte.

Ein paar Minuten dauerte sein Todeskampf. Dann schleifte man den Kadaver etwas abseits, um ihn da, mit einem Tuch verhüllt, bis zum Schluß der Rennen liegen zu lassen.

»Nun ist's vorbei!« sagte Georg zu seiner Begleiterin, die sich umgedreht hatte, um die Hinrichtung nicht zu sehen ...»...und ein schlechtes Hindernispferd weniger auf der Welt!«

»Ach ...das arme Tier!«

»Gott! ...Der Gaul hat's überstanden!« meinte der Husar kaltblütig ...»...wenigstens kann ihn jetzt kein Mensch mehr piesacken! ...Eigentlich müßte man von Staats wegen solch einen Kerl mit 'ner langen Flinte anstellen, der herumgeht und alle unnützen Individuen totschießt ... nicht die Pferde ...mein' ich ...sondern die Menschen!«

Sie schaute umher: »Da hätte er wohl hier viel zu tun!«

»Gewiß! Wo er irgend 'nen Menschen mit 'nem Knax sieht...irgend 'ne verfehlte Existenz: »Mein Herr ...bitte, einen Augenblick stillzuhalten ...und recht freundlich, wenn ich bitten darf!« Bums! ...Da liegt der Kerl auf dem Rücken ...ein unnützer Brotesser weniger, und der Mann mit der langen Flinte wandert weiter!«

»Und haben Sie keine Furcht, daß er auch 'mal zu Ihnen kommt?«

»Nein! Ich zeig' ihm dann den Herrn Heinlein! Dann rennt er und ladet doppelt, um ja nicht zu fehlen!«

Sie lachten beide, während sie, den Freiherrn suchend, über den zweiten Platz dahinschritten.

Da saß er, würdevoll wie immer, eine Tasse dampfenden Kaffee vor sich, in dem Restaurant des zweiten Ranges. Drei, vier zwerghafte Gesellen mit glattrasierten Gesichtern um ihn her.

»Jockeys!« sagte Georg stirnrunzelnd ...»...ich mag mich nicht unter die Reitknechte setzen!«

Aber dann fiel es ihm ein, daß das ja nun zu seinem Beruf gehörte! Er ließ sich also etwas abseits von dem Tisch nieder, während Thea einen Stuhl herbeizog und fast hinter dem alten Herrn Platz nahm, der sie in seinem eifrigen Gespräch gar nicht bemerkte.

Die Professionals blinzelten wohl neugierig auf sie hin, und es ärgerte den Herrenreiter, ihre schöne, vornehme Gestalt den Blicken dieser vulgären, marktschreierisch gekleideten Gnomen ausgesetzt zu sehen, denen der bunte Seidendreß zwischen den Knöpfen des Paletots durchschimmerte und farbige Kappen die faltigen Gesichter überschatteten.

Angenehm war es immerhin, daß ihn niemand der Leute kannte! Er hatte seine Triumphe hauptsächlich auf den östlichen Rennplätzen gefeiert und war in Berlin ein seltener Gast gewesen. Und die Offiziere und Gentlemen, von denen sicherlich auch hier auf der Rennbahn mancher wußte, wer er war, die verirrten sich nicht auf den zweiten Platz und in sein plebejisches Bier- und Kaffee-Restaurant.

Die Jockeys nahmen denn von ihm auch weiter gar keine Notiz. Es herrschte ein starkes Gedränge an den paar Tischen, die in der windgeschützten Ecke standen, und alles saß kunterbunt durcheinander, Stalleute, Hoboisten der konzertierenden Militär-Kapellen, Zigarrenhändler, Barbierherren und andere zweifelhafte Turfagenten, Offiziersburschen, sogar ein paar kleinere Buchmacher, die ihren Lauerplatz an der schmalen Tribünenwand des Regens wegen verlassen ... und mitten darunter sie – das schlanke, aristokratische Geschöpf in dieser rüden Umgebung.

Unwillkürlich suchte er sie mit den Augen. Ihre Blicke trafen sich ... stumm und lang. Sie sah traurig aus. Ein bitterer Zug spielte um ihren festgeschlossenen Mund.

Er merkte wohl, warum! Es war kein Zweifel, daß der Freiherr, der ja selbst von Pferden nicht viel mehr als ein anderer vornehmer Mann verstand, in diesem Kreise von Professionals eine Art komische Figur war. Ja ... vielleicht gab er sich absichtlich so, um zum Lohn hinter einige Stallgeheimnisse zu kommen. Jedenfalls erzählte er mit trockener Würde und unerschütterlichem Ernst allerhand ungereimtes Zeug aus Hof- und Kavalierkreisen und schien es gar nicht zu bemerken, daß ein paar rotbäckige Reitburschen an der Türe prusteten und die Jockeys am Tisch sich mit medisanten Galgenphysiognomien zuzwinkerten.

Georg konnte das nicht mehr vertragen. Er stand auf und ging hinaus, auf den ersten Platz zurück.

»Mahlzeit, Herr Leutnant!« redete ihn dort ein hagerer, gelblicher Mensch an und lüftete familiär den Hut... »...Platzwette ... was meinen Sie? ... Ich mach's billiger als der Totalisator. Von fünf Märkern aufwärts ... weil Sie's sind!«

Der Herrenreiter erkannte ihn. Es war der von Lenski, den er gestern bei Cilli getroffen. »Nee ... danke!« erwiderte er und griff im Weitergehen flüchtig an den Hutrand. Da sah er Heinlein auf sich zukommen.

Der kleine Herr schaute nicht so rosig aus wie sonst. »Ewiges Pech ...« brummte er Textor zu ... »...für heut' hab' ich genug! Ich fahr' nach Haus! Erwarten Sie mich morgen bei dem Baron! Ich komm' so gegen zwölf bei ihm vor ... muß 'mal visitieren! Ich glaube, der alte Gauner hat sich da in aller Stille ein komplettes Wettbureau eingerichtet, statt den »Paprika« zu redigieren ...« er blieb stehen und faßte Georg spielend am Paletotknopf ... »sagen Sie mal, Verehrtester: ist das nun wirklich seine Tochter?«

»Gewiß!«

»Kennen Sie sie von früher?«

»Ich bin gestern im selben Coupé mit ihr nach Berlin gefahren!«

Herr Heinlein sah ihn einen Augenblick mißtrauisch au. »Süperbes Weib!« sagte er dann, während Georg nur mit Mühe der Versuchung widerstand, ihm eine Ohrfeige in sein glattes, rundes Gesicht zu versetzen – ...»...schade! ... schade! ... Heute kann man nu jedenfalls gar nicht ran ... der Baron sitzt mit ihr unter allerhand Volks auf dem zweiten Platz. Da darf ein anständiger Mensch wie ich sich gar nicht zeigen. Na ... Morjen, mein lieber Textor! ...«

Und herablassend grüßend schritt er dem Ausgang zu, wo das Glascoupé seiner harrte.

Georg sah ihm mit dumpfer Wut nach. Am liebsten hätte er diesem arroganten Halunken den ganzen Bettel vor die Füße geworfen. Aber Thea ... nein ... das ging nicht! Er mußte ausharren ... um ihretwillen.

Da hörte er leichte Schritte. Sie stand neben ihm.

»Das ist eine abscheuliche Gesellschaft da drinnen,« klagte sie ... »...und ein Englisch reden die widerlichen kleinen Menschen, das ich gar nicht versteh' ... und Papa ist auch so ... so seltsam ...«

»Dafür ist Herr Heinlein weg!« tröstete sie Georg.

»Oh ... wirklich?« Das schien sie zu freuen ...».. ist das einmal ein unangenehmer Mensch!«

»Und dabei doch unser Brotherr!« sprach der kleine Sportsman traurig ...».. ohne ihn müssen wir verhungern!«

»Schrecklich!« sagte Thea, während sie, als ob sich das von selbst verstände, wieder dem Eckchen hinter der Tribüne zuschritten, das jetzt, nach dem ersten Glockenzeichen des neuen Rennens, zu veröden begann ... aber was soll man machen? ... Ich erinnere mich: in Posen kam mein Onkel, der Major, einmal in ganz greulicher Stimmung nach Hause geritten. Er sei beim Manöver in den Wurstkessel hineingeraten!... Wie das zuging, hab' ich nicht ganz begriffen. Aber ich glaube, wir stecken jetzt auch in so 'nem Wurstkessel drin!...«

».. Papa wenigstens!« plauderte sie weiter und ging vertrauensvoll neben dem neuen Freunde her...».. ich bin ja so glücklich, daß Sie mir dabei helfen wollen! Vor allem muß er das Trinken lassen!...Das ist gar nichts für einen alten Herrn ... und dann überhaupt solide und sparsam werden und hübsch seine Ausgaben aufschreiben ...denn wissen Sie, daß wir gestern für zwanzig Mark zu Mittag gegessen haben? ...ist das nicht sündhaft? ...und wenn möglich, sollte man es so einrichten, daß nicht mehr alle diese ungeschliffenen Menschen zu ihm auf die Stube kommen und ihm Geld zum Rennen geben! Viel schaut dabei doch nicht heraus ...das kann man schon irgendwo anders anbringen! Denn ...sehen Sie ...einen gewissen Komfort muß Papa doch haben ...ein alter Herr wie er ...den *müssen* wir ihm verschaffen!«

Da ...eben lief der greise, puterrote Freiherr an Ihnen vorbei. Er winkte ihnen mit der Hand flüchtig zu. Sein Gesicht war verdrießlich und aufgeregt, während er nach vorn eilte.

Thea wandte den Kopf etwas zur Seite. »Eigentlich ...« sagte sie stockend ...».. eigentlich ist es ja ganz unglaublich, daß ich Ihnen das zumute, sich für uns fremde Menschen zu interessieren oder gar uns zu helfen. Sie haben gewiß genug mit sich selbst zu tun!«

Er wagte es, ihre Hand zu ergreifen, und fühlte mit Freude, daß sie nur zögernd ihre Fingerspitzen daraus löste.

»Nein, mein Fräulein!« sprach er vergnügt ...».. um mich selbst kümmere ich mich nicht! Ich hätte mich vorgestern abend auf allgemeines Verlangen totschießen sollen! Da ich aber eine dumpfe Empfindung hatte, als sei ich vorläufig keinen Schuß Pulver wert, so unterließ ich's und bin jetzt sehr froh darüber.«

»Ja ...ich auch!« sagte The«.

»Denn nun bin ich eben noch da!« fuhr Georg eifrig fort ...».. und sehe, daß ich noch zu etwas auf der Welt nützlich sein kan. Das ist ein sehr angenehmes Gefühl, wenn man mal auch was für andere tut und nicht nur immer bei Sekt und Zigaretten sich selber pflegt. Man verdient's ja gar nicht. Und andere, die alles verdienten, die man auf den Händen tragen sollte, die haben's nicht! Ach ...es ist eine verkehrte Welt!«

Sie wich seinem Blicke aus. »Wenn Sie mich damit meinen...« sagte sie langsam ...».. also ... das müssen Sie mir versprechen! Von mir ist überhaupt nicht die Rede! ...nie mehr! ...sonst geht's nicht!«

»Ja ...ich versteh' schon!« Der Herrenreiter machte ein möglichst zerknirschtes Gesicht... ».. Nur Papa! Papa muß auf den Pfad der Tugend geleitet werden. Und Sie schreiten als Wegweiserin voran! Denn ich ...ich fürchte ...ich fürchte ...von selber find' ich ihn nicht!«

Sie lachte hell auf und nickte mit dem Kopf. »Das glaub' ich! ...Ja ...bemühen Sie sich nur, jetzt so scheinheilig auszusehen! Ich merk' schon, was Sie für ein Strick waren! ...gestern schon ...im Coupé ...ich hab's Ihnen ja gesagt...«

»Vielleicht, wenn ich mir 'nen Vollbart wachsen lasse?« Der kleine Sportsman zweifelte ...».. ich glaube, das und 'ne Brille ...das gibt dem Menschen ein ganz kolossal solides Air!«

Aber dann plötzlich wurde er ernst. »Jawohl, Fräulein Thea,« sagte er ...».. Sie müssen mir als guten Kameraden schon erlauben, daß ich Sie ab und zu zur Belohnung Fräulein Thea nennen darf ...jawohl ...ich hab' viel zu bereuen und gutzumachen... ebensoviel wie der alte Papa! Sie müssen da unser Leitstern sein, und wenn wir wirklich in diesem Leben noch einmal wieder solide, achtbare Leute werden, dann verdanken wir's Ihnen!«

Nun war der Sport bis zum vorletzten Rennen gediehen.

Vom Totalisator, an dem er, entgegen seinen ursprünglichen Vorsätzen, doch die Zeit über ein bißchen mitgewettet, trat Georg auf den Platz heraus und schaute mißmutig zu dem grauen, regenströmenden Himmel auf.

Er fühlte sich einsam und verlassen. Und der Turf interessierte ihn so gar nicht mehr. Ob da der bekannte Leibgardehusar, katzengleich auf seinen Gaul geduckt, aufkanterte, ob ein anderer Meisterreiter von den gelben Kürassieren hinter ihm in langen Sprüngen zum Start zog, daß die Erdschollen flogen, ob zwei, drei andere Ulanen und Dragoner elegant über die Tribünenhürde setzten, ihm war es gleich. Er sah ihnen mit dem scharfen Auge des Fachmanns nach, aber so ganz teilnahmlos, als trüge er gar keine Tickets auf zwei der Pferde in der Tasche.

Wo sie nur blieb? Vor jedem Rennen trafen sie sich bisher ohne weitere Verabredung in stillschweigendem Einverständnis hier hinter der Tribüne, und jetzt...

Ein kleiner Ulanenleutnant eilte in hastigem Sporenklirren an ihm vorbei zur Wage. Es war Herr von Wendelslohe, den er gestern unter den Linden hatte vorüberfahren sehen. Beim Anblick Georgs stutzte er. Dann ging er kühl und würdevoll, ohne sein rotbäckiges Kindergesicht zu verziehen und ohne seine Hand zur Mütze zu erheben, an dem entlassenen Kameraden vorbei, von dessen Schicksal er also offenbar inzwischen Kunde erhalten hatte.

Der sah ihm finster nach, und seine schmalen, bartlosen Lippen murmelten einen bösen Fluch. »Da bin ich!« sagte Thea ...»was machen Sie denn für ein Gesicht?«

»Hohe Zeit...« erwiderte der Exhusar melancholisch ...»Hohe Zeit, daß Sie kommen und mich bessern! Eben hab' ich dem kleinen Wendelslohe ...dem Ulanen da ...gewünscht, er möchte sich das Genick brechen!«

»O pfui!« Sie rief das mit dem Ausdruck aufrichtiger Empörung.

»Ja ...wenn Sie da sind, werd' ich wieder friedlich! Also der kleine Wendelslohe soll den ersten Preis kriegen ...und alle weiteren Rennen machen ...meinetwegen sogar den silbernen Schild und die Karlshorster Internationale ...und eine Millionenerbin soll sich darob in das kleine Unwurm verlieben und ...«

»Genug ...genug!« sagte sie lachend ...»...ich wär' schon früher gekommen ...aber Papa hielt mich zurück ...es waren da vorn ein paar Namen mit Kreide an die Renntafel geschrieben, und er konnt' sie nicht lesen! ...ach ...da vorn ist's häßlich ...abscheuliche Menschen ...und all die aufgespannten Schirme ...da komm' ich mir ganz trostlos vor. Ich bin viel lieber hier!«

»Nicht wahr?« Georg sah ihr tiefsinnig in das blasse Gesicht ...»...das Fleckchen Erde da gehört uns! ...Es regnet zwar gehörig ...der Wind pfeift um die Ecke der Tribüne, und der Kies unter unsern Stiefelsohlen ist naß wie ein Schwamm ...aber es ist eben doch unser Buen-Retiro, und wir fühlen uns ganz warm und behaglich...«

Thea neigte das Haupt. »Schön ist's hier ja nicht...« sagte sie leise ...»Aber die Welt ist ja überall grau und trostlos! Und hier ist man wenigstens beisammen ...und fühlt sich geborgen, weil man einen Freund neben sich weiß...«

Sie sprachen jetzt nicht mehr viel, sondern gingen, in Gedanken verloren, ihr Plätzchen hinter der Tribüne auf und ab. Oben vom Dache tropfte das Wasser, der Regen rieselte eintönig, und von vorne klang das abgerissene Stimmengewirr, das den Verlauf des Rennens begleitete.

Jetzt plötzlich ein geller, hundertstimmiger Aufschrei ...ein Chaos von Rufen, Fluchen, Fragen hinterher ...ein immer wieder aufschwellender, angstvoller Lärm ...das geübte Ohr des Sportsman unterschied sofort, was das bedeutete. Das war kein »Rumpler« – nach dem beruhigt sich das Publikum sofort wieder! – das war ein Sturz, ein schwerer Sturz!

»Da ist einer gefallen!« sagte er zu Thea...»...wir wollen nach vorn!«

Wendelslohe! ...Der Name schlug ihnen sofort entgegen, als sie in die erregten Gruppen vor der Barriere traten ...Wendelslohe! überall...»Zu kurz is der Schinder gesprungen...« brummte ein heiserer Baß ...und dazwischen eine näselnde Stimme: »...dieser Karlshorster Sprung ist wirklich jemeinjefährlich!«

Der Leibgardehusar von vorhin flog, sich ab und zu kampfbereit im Sattel umdrehend, wie ein langer Feuerstreifen über die Gerade und durchs Ziel. Zehn Längen dahinter der Kürassier in sausendem Galopp ...dann in kurzem Peitschenklatschen und Endgefecht um den dritten

Platz die anderen Herren. Aber niemand achtete sonderlich darauf. Aller Augen waren auf die dunkle, sich rasch vergrößernde Gruppe in der Ferne gerichtet.

»Nun haben Sie's!« sagte Thea und heftete vorwurfsvoll die dunklen Augen auf den Freund.

Der zuckte die Achseln. »Ich kann doch nicht hexen!« meinte er kühl...»...wem's bestimmt ist, der fällt!...«

Da kam im Regenrauschen der Zug quer über das Blachfeld heran. Voraus ein Schutzmann hoch zu Roß, in seinen Mantel gewickelt und mit befehlender Handbewegung die müßig sich herandrängenden Neugierigen teilend. Dann ein Trupp von Sportsmen, ein paar Zivilisten, der Trainer, ein halbes Dutzend Regimentskameraden...und dann endlich eine Bahre, von vier Männern getragen. Auf ihr ein Haufen Tücher und Decken, und darüber, im Gleichschritt der Männer schwankend, ein wächserner Kopf, den Mund wie klagend halbgeöffnet ...blutverklebtes Haar um die bleiche Stirne...

Der Zug hatte es eilig. Ueber die Bahn, über den Tribünenrasen, am ersten Platz vorbei, nach hinten in den Pavillon, wo schon alles zur Aufnahme der Verunglückten bereitsteht.

Eine lange, bange Pause entstand.

Dann kehrte Georg, der nach hinten gegangen war, frohlockend zu Thea und dem alten Herrn zurück.

»Es ist nicht so schlimm!« rief er...»...Schlüsselbein entzwei...ein bißchen Gehirnerschütterung...sonst geht's ganz gut!«

»Also keine Lebensgefahr?«

»Nein!«

»Gott sei Dank!« sagte Thea...»...und nun schämen Sie sich gehörig!«

»Nein!« Sein hageres Gesicht verzog sich in trotzige Falten...»...ich bin doch nun mal kein Säulenheiliger, sondern ein armer Teufel! Und wenn einen da so ein grasgrünes Bürschchen über die Achsel ansieht...«

»Wir find alle drei arme Teufel!« unterbrach ihn Thea ruhig...»...und wir müssen uns daran gewöhnen, daß man uns über die Achsel ansieht! Das ist's ja gerade, daß wir uns dadurch nicht verbittern lassen dürfen! Denn mit dem Haß und dem unterdrückten Zorn machen wir unser armes Leben ja nur noch ärmer. Nein...wir müssen es geduldig ertragen und uns sagen: »Wartet nur! Wir werden schon wieder euresgleichen werden, und die Zeit wird kommen, wo ihr wieder den Hut vor uns abnehmt!...« Und nun, Papa ...wenn du beim letzten Rennen doch nichts mehr zu tun hast, wollen wir nach der Stadt zurückfahren. Ich habe argen Hunger!«

Es war recht behaglich in der kleinen, bescheidenen Weinstube. Wenig Gäste, gedämpft flackerndes Gasglühlicht, ein gewandter Kellner, der geräuschlos die Reste des Mahles abräumte.

»So gut wie bei dem Mann unter den Linden gestern ist's ja nicht!« sagte Thea und trank vergnügt ihr Glas mit dem dünnen Mosel aus ...»aber wenn ich daran denke: Zwanzig Mark! Es ist furchtbar! Die anderthalb Mark hier sind auch noch zu teuer. Von morgen ab essen wir zu Hause. Es wird schon gehen mit meinen Kochkünsten. Die ersten Tage mußt du eben Nachsicht haben, Papa! Und Sie, Herr Textor...« sie wandte sich ernst an Georg ...»Sie täten besser, auch mit uns zu speisen! Ich rechne dann aus, was auf Ihren Anteil kommt – und Sie werden sehen, es wird viel billiger, als wenn Sie in die schlechten Kneipen gehen!«

»Aber gewiß, Fräulein Thea!« erwiderte der Sportsman fröhlich ...»befehlen Sie nur immerzu! ...ich gehorche!«

»Also abgemacht!« Sie klatschte vergnügt in die Hände ...»Paß auf, Papa: jetzt fängt das neue Leben an! Also morgens stehen wir recht zeitig auf und frühstücken. Dann kommt Herr Texter, und ihr geht an die Arbeit. Ich mach' mich unterdessen im Haushalt nützlich, und vielleicht kann ich euch auch helfen. Dann, wenn das größte Tagewerk getan ist, geht's zum Essen ...dann gegen Abend ein Spaziergang im Tiergarten ...und dann lesen wir bei der Lampe zusammen ein Buch oder die Zeitung ...denn zum Theatergehen ...da langt's ja nicht ...na...« sie schaute hoffnungsfreudig vor sich hin ...»es wird schon werden!«

»Ja ...mein Goldkind ...ja...« sprach der alte Herr. Seine Augen waren feucht.

Georg räusperte sich: »Heute nehmen wir also gewissermaßen Abschied von der Vergangenheit, Fräulein Thea! ... Das muß denn doch gefeiert werden ... und da möcht' ich mir den Vorschlag erlauben...um die Sache würdig zu gestalten ...wenn die Herrschaften ein Glas Sekt ... ein *letztes* Glas Sekt mit mir trinken wollten...«

Thea sah ihn starr an. »Sie sind doch wirklich unverbesserlich!« rief sie entrüstet.

»Ein letztes Glas Sekt!« flehte er...»einen Satteltrunk, ehe wir ins Philisterland einreiten! ... das müssen Sie mir erlauben!« und das verräterische Zucken ihrer Mundwinkel bemerkend, ersah er seinen Vorteil...»Sie sind ja selbst kein Philister ...und Sekt trinken Sie gewiß auch gern!...«

»Ja!« sagte sie betrübt.

»Na ...also!« Er rief dem Kellner und bestellte. Bald perlte und prickelte es vor ihnen in den geschliffenen Glasbechern, die klingend aneinanderstießen.

»Sind wir leichtsinnig!« seufzte Thea und wischte sich den roten Mund ...»die reinen Eintagsfliegen! Ich merke schon: Wir geben heute wieder zwanzig Mark aus!«

»Aber dafür ist's doch nett!«

»Nett ist's schon!« sagte sie träumerisch ...»ich wollt', es wäre immer so!...ich hab' eigentlich gar keine Lust zu arbeiten! Ich bin der geborene Faulpelz! Aber wie gesagt, es *muß* sein! Und morgen geht's los!«

»Jawohl, mein Kind!« Auf dem gedunsenen Gesicht des Freiherrn erschien ein kampfbereiter Zug ... »Morgen!«

»Morgen!« wiederholte der Husar und lächelte verwegen. »Morgen fordern wir unser Jahrhundert in die Schranken!«

»Ja ...und richtig,« Thea war etwas Neues eingefallen ...»jetzt wollen wir einmal sehen, wieviel Geld wir beisammen haben! ...sonst ist ja gar keine Ordnung möglich. Also du, Papa? ...von gestern müssen doch noch hundert Mark mindestens übrig sein!«

Der alte Herr schluckte ein paarmal und sah schuldbewußt zur Seite.

»Eigentlich ...Thea ...mein Herz...« sprach er endlich stockend ...»du darfst nicht böse sein ... es ist nichts Rechtes mehr davon da! Weil ...weißt du ...ich wollte doch das Armband wieder einlösen. Und da hab' ich heute selbst am Totalisator gesetzt und ...und es war eben ein Pechtag...«

»Aber ...Papa!«

Sie sagte nichts weiter, sondern beherrscht sich. »Und Sie, Herr Textor!« wandte sie sich mit zückenden Lippen und halb erstickter Stimme zu dem andern ...»Sie haben mir erzählt, daß Sie fünfhundert Mark haben...«

»Ich hatte sie...« der kleine Sportsman räusperte sich schuldbewußt ...»ungefähr hundert davon hat der verfl ...dieser angenehme Totalisator heute auch verschluckt!«

Jetzt aber warf Thea zornig den Kopf zurück, und ihre Augen sprühten.

»Hört mich an!« sagte sie leise und drohend ...»wenn ihr so seid ...wenn alles vergebens ist ...mein heiligster Wille ...und meine Bitten und Tränen ...dann braucht ihr mich ja nicht ... dann...« ihre helle Stimme schwankte, als glaubte sie selbst nicht an das, was sie nun sagen wollte, und verklang in Schluchzen ...»dann geh' ich auf und davon! Zu den Verwandten! Dann könnt ihr allein hier fertig werden! ...Aber ich weiß, was dann geschieht...« sie legt den Kopf auf den Tisch und weinte ...»verbummeln werdet ihr ...ohne Rettung ...wenn ich euch nicht halte ...Und statt mir ein bißchen dankbar zu sein, vergeudet ihr so recht unsinnig das schöne Geld ...und lacht mich womöglich noch aus ...da geh' ich lieber weg!«

»Aber Kind!«

Aber Fräulein Thea!«

Die beiden verlorenen Männer tauschten einen stummen, angstvollen Blick und sahen dann wieder auf den schluchzenden Lockenkopf zwischen ihnen.

»Bleiben Sie bei uns, Fräulein Thea...« sagte Georg leise ...»ich schwör' Ihnen: das war das letzte Mal!«

Und der alte Herr legte ihr zögernd und furchtsam die Fingerspitzen auf die Schulter: »Bleib' bei mir, Kind! Du bist mein Glück und Sonnenschein!«

Da hob sie den Kopf und lächelte unter den Tränen, die sie sich von den langen Wimpern trocknete.

»Also das war das letzte Mal!« sagte sie rasch ...»ich halte euch beim Wort! Und nun wollen wir also rechnen: Sie haben noch vierhundert Mark, Papa hat nichts, mein Schmuck ist noch mindestens fünfhundert Mark wert. Da können wir also für den Anfang ganz gut leben!«

Georg hob sein Glas: »Also auf einen guten Anfang!«

»Und auf ein gutes Ende!« ergänzte sie.

»Von morgen ab wird ordentlich gearbeitet!« Der greise Freiherr ballte energisch die Fäuste.

»Geschuftet wird! ...für diesen Heinlein!...« rief der Sportsman finster ...»aber heute sind wir noch freie Männer beim letzten Glase Sekt!«

Die Gläser klirrten, und durch ihr Schwingen klang Theas helle Stimme:

»Beim letzten Glase Sekt!...«

IX

»Na ... nun können wir also anfangen ...« sagte Georg, spitzte einen Bleistift und warf über den großen Redaktionstisch herüber einen zweifelnden Blick auf den Freiherrn, der, würdevoll in einen alten Schlafrock gewickelt, den Fez schief auf dem Kopf, ausgetretene Pantoffeln an den Füßen, in dem Lehnstuhl thronte.

Eine verrückte Situation – das hatte sich der kleine Sportsman schon gedacht, während er zeitig sein Frühstück im Hotel einnahm. Es kam ihm ganz komisch vor, daß er in diesem vornehmen, teppichbelegten und spiegelglänzenden Raum sich dazu stärken sollte, das Witzblatt »Paprika« herauszugeben!

Eigentlich mußte man doch dazu Journalist sein! Er begriff das nicht.

Schon dreimal hatte er, da der alte Herr beharrlich schwieg und verdrießlich in seiner Kaffeetasse rührte, den tiefsinnigen Satz: »Es herrschte gestern trübes Wetter in Karlshorst und war der Besuch daher mäßig« niedergeschrieben und kam sich dabei ziemlich töricht vor.

Endlich schien sich Herr von Hoffäcker zu ermannen. Er blies eine Rauchwolke in die Luft und stieß einen schweren Seufzer aus.

»Ja ... da sitzen wir nun, mein lieber Textor ...« sprach er wehmütig ...»...zwei arme Strohmänner! ... Strohmänner ...« wiederholte er nach einer Pause und qualmte immer heftiger.

»Wieso Strohmänner?« fragte Georg verblüfft.

Der Alte kam nicht dazu, ihm zu antworten. Es klopfte, und ein halbwüchsiger Junge trat ein.

»...'n scheenen Gruß ooch von meiner Tante!« sagte er.

Der Freiherr sah ihn zerstreut an. »Wer ist denn deine Tante?« Dabei machte er schon eine Bewegung in die Westentasche, um ihm ein Totalisator-Ticket auszuhändigen.

Der Bengel lachte verschmitzt.

»Na ... die Frau Dubberke, wat doch bisher Ihre Haushälterin war. Nu is sie doch jestern, weil sie von ihrem Mann nischt wissen will, zu uns jezogen, ... Schneidermeister Pfeiffer in der Kanonierstraße.«

»Schön!« entschied der alte Herr ...»...Gruß! Sie soll nur dort bis auf weiteres bleiben!«

Der Junge widersprach. »Det paßt ihr nich ... läßt sie Ihnen sagen ... weil sie doch ihre eigene Wirtschaft bei Ihnen hätt' ... und das hätt' sie nicht um Ihnen verdient, läßt sie Ihnen sagen ...«

»Das soll sie mir schreiben!« brummte der Freiherr, immer verlegener werdend ...»...statt daß sie mir da 'nen jungen Menschen auf den Hals schickt ...«

»Sie meint: Wenn sie schreibt, kriegt sie keine Antwort! Und Antwort will sie haben ... heute vormittag noch. Ihr wär's jleich ... läßt sie sagen ... sie risse sich nich mehr drum, noch länger bei Ihnen Hungerpoten zu saugen, wenn man ihr so kommt ... Und sie könne auf der Stelle zu 'nem Doktor in der Brunnenstraße, der nich plötzlich Töchters ... oder sonst was ... zu Besuch bekäme ...«

»Genug jetzt!« fuhr der alte Herr auf. Aber sofort mäßigte er wieder wie erschrocken seine Stimme.

»Gehe nur, mein, Sohn«, sprach er väterlich ...»...und sage, ich käme selbst im Laufe des Vormittags zu ihr 'ran, und sie solle doch ja bis dahin nichts weiter unternehmen ... sondern ruhig abwarten ...«

»...Sagen will ich's ...« meinte der Bengel ...»...aber ob sie's tut! ...«

Damit schob er sich zur Tür hinaus, und eine unbehagliche Stille trat ein. Nur aus der Küche hörte man über den Flur das leise Klappern und Stühlerücken, mit dem Thea, halblaut ein Lied trällernd, herumhantierte.

Ihr Vater warf einen scharfen Blick nach dieser Richtung, räusperte sich und knipste, hilflos das graue Haupt hin und her wiegend, die Spitze einer neuen Import-Zigarre ab. »Die hab' ich gestern geschenkt bekommen,« murmelte er, auf das Bündel weisend ...»...ich muß sie aufrauchen, ehe der Bandit mit den blauen Siegeln wiederkommt ...«

Georg ging darauf nicht ein.

»Sie sagten vorhin: Strohmänner...« Er schaute den Alten forschend an ...».. .wieso sollen wir Strohmänner sein...?«

»Ich bin's...« seufzte der andere ...»wozu wollen wir uns denn hier 'ne Komödie vorspielen? ...ich sitze eben da und schreibe meinen Namen ...meinen schönen, alten Namen unter das Schandblatt! ...na ...und Sie ...Gott ...es ist ja möglich, daß Sie bei irgend 'nem Theatermädchen oder Winkelbuchmacher mal irgend 'ne Kleinigkeit erfahren, aber die Hauptsache ist: Wir brauchen hier in der Redaktion einen rüstigen, verwegenen Kerl ...einen jungen Menschen, der zur Not kunstgerecht boxen kann. Denn das hab' ich dem Heinlein gleich gesagt: »Ich bin ein alter Mann! Ich bin hilflos, wenn uns die Leute mit Reitpeitschen und Bullenbeißern oder gar mit Revolvern auf die Bude rücken«

Georg Textor ließ den Bleistift sinken und starrte den anderen mit offenem Munde an.

»...und sie werden kommen...,« fuhr der bekümmert fort ...».. .sie müssen kommen, wenn die nächste Nummer heraus ist. Bisher sind doch nur die drei ersten Nummern erschienen. Die waren harmlos. Die hab' ich gemacht ...so aus alten französischen Zeitungen ...wissen Sie... aber jetzt kommt zum erstenmal der Briefkasten ..«

»Der Briefkasten?«

Herr von Hoffäcker seufzte und reichte ihm ein mit flüchtigen Zügen bekritzeltes Blatt Papier. » Solche Wische schickt mir der Halunke jeden Tag...« sagte er kläglich ...».. .schreiben Sie's nachher ab, daß ich es verbrennen kann. Das muß ich immer noch am selben Tag tun.«

»Und das gibt den Briefkasten?«

»Der Briefkasten wird diesmal ungeheuer groß! Es sind schon mindestens dreißig Antworten der Redaktion darin ...an erdichtete Leser natürlich. Ein großer Teil davon mag ganz unverfänglich sein. Aber dazwischen stecken die gefährlichen ...die Fußangeln ...wissen Sie ...ich kann sie selbst nicht von den andern unterscheiden ...so geschickt sind sie abgefaßt ...nur dem verständlich, um den es sich handelt ...und daß es sich wohl um einen zahlungsfähigen Menschen handelt, das denke ich mir so! Ich weiß es nicht. Das geht alles hinter meinem Rücken vor. Ich kann nichts tun, als die Wische drucken lassen und mit meinem Namen decken ...mit dem Namen Hoffäcker, und ein Hoffäcker hat einst unter Barbarossas Augen zwei Sarazenen mit einem Hieb gefällt...«

»Und von wem kommen die Wische?«

Der alte Herr neigte trübe das Haupt: »Ich weiß es nicht. Sie kommen mit der Post, und ich erkenne sie an der Schrift, die übrigens auch, wie Sie sehen, raffiniert verstellt ist. Diese Schrift wandert dann sofort in den Ofen – darauf habe ich mein Ehrenwort gegeben ...und sehen Sie, wie die Menschen sind ...Heinlein, der Halunke, der mich ins Unglück gestürzt hat, glaubt doch noch an mein Ehrenwort!...«

»Also schreibt der die Zettel?«

Herr von Hoffäcker sah sich um. »Ich glaube nicht,« flüsterte er geheimnisvoll ...».. .wenn ich meinem Gefühl folgen darf, ist es ein gewisser Grunäus!«

Grunäus! Georg sah den großen, wohlbeleibten Mann vor sich, mit dem bärtigen Faungesicht und dem bösen Lächeln um die wulstigen Lippen.

»Schließlich bleibt sich's ja auch gleich!« fuhr der alte Herr fort ...».. .gibt es ein Unglück, so hält sich die Polizei nur an uns. Die Ausrede, wir hätten die Notizen anonym zugeschickt bekommen und verbrannt, können wir nicht beweisen. Grunäus erklärt, er wisse überhaupt nichts von der Existenz des »Paprika«, Heinlein kann den Beweis antreten, daß er, sich um das Blatt gar nicht kümmert, sondern mir nur aus Gutmütigkeit, weil ich durch ihn verkracht bin, ein paar hundert Mark gegeben hat, um mir eine Existenz zu gründen – und daß er in gleicher Absicht Sie hier angestellt hat. Und wer nun gar bei den Opfern das Geld einkassiert – natürlich ohne das Blatt auch nur zu erwähnen ...Er kommt rein zufällig am selben Morgen, wo die Nummer dem Betreffenden unter Streifband zugegangen ist, und bittet um eine Unterstützung ...als verarmter Edelmann oder dergleichen ...ja ...wer das besorgt, das weiß ich nun gar nicht. Jedenfalls einer, den sie auch an der Strippe haben ...der Herr von Lenski oder so wer. Faßt man den, so tut er sehr verwundert: »Gibt es wirklich ein solches Blatt in Berlin? Das ist ja schändlich!«

Also ein richtiges Revolverblatt! Georg saß ganz starr da.

»Ich habe solche Angst vor der nächsten Nummer!« klagte der greise Freiherr weiter ...»...Es sind ja nur dunkle Andeutungen ...aber natürlich ...wenn die Leute nicht reagieren, wird es von Woche zu Woche ärger werden. Und *wir* fallen dabei schließlich ganz gewiß herein..«

»Das wäre ja wirklich reizend!« murmelte Georg verstört und wickelte sich eine Zigarette. »Vorderhand müssen wir's abwarten...« Herr von Hoffäcker seufzte schwer auf ...»...was tut man nicht alles, um nicht Hungers zu sterben! Und jetzt, wo das Kind da ist ...also schreiben Sie jetzt mal da die Notiz über den »Zentralbauverein« und die da ...über den Vorfall in der Querallee des Tiergartens ab ...und ich übersetze da was aus dem »Gil-Blas Illustré« ...'s ist ja ganz gleich, was außer dem »Briefkasten« in das Blatt kommt, wenn es eben nur ganz gehörig gepfeffert ist...«

»Guten Morgen!« ertönte eine helle Stimme.

Thea trat ins Zimmer und drückte Georg wie einem guten Freund fest die Hand. Sie sah frisch und munter aus. Die vorgebundene weiße Schürze und die etwas aufgestreiften Aermel kleideten sie vorzüglich.

»Ich hab' die Frau Kautz fast gar nicht gebraucht, Papa!« sagte sie und schüttelte fröhlich die Locken ...»...selbst ist der Mann und das Mädchen! ...Die Zimmer sind besorgt ...die Küche in Ordnung, in der Maschine brennt das Feuer ...und ich kann dir nur sagen, daß es fabelhaft amüsant ist, so herumzuwirtschaften!«

»Ja ...tue das!« Der alte Herr war sehr verlegen ...»Wirtschafte du nur zu!«

Sie lachte hell auf, schlüpfte über den Flur und kehrte mit einem Rohrstuhl in der Hand zurück.

»Ich bin ja fertig!« rief sie und schob den Stuhl an den großen Tisch heran...»...jetzt geht es hier los!«

»Ja ...was denn, Thea ...um Gottes willen?«

»Ich werde doch nicht müßig sitzen, wenn ihr hier arbeitet!« sagte sie erstaunt ...»...die Hände in den Schoß legen ...das fehlte noch! ...»Jetzt wird für den Heinlein geschuftet!« ...hat Herr Textor gestern selbst gesagt ...und ich helfe mit!«

Dabei sah sie triumphierend auf die beiden Männer, die ganz verdutzt dasaßen.

»Ich helfe mit an der Zeitung!« wiederholte sie und klatschte ungeduldig in die Hände ... »...rasch ...gebt mir was zu tun!«

Ihr Vater wandte den greisen Kopf zur Seite: »Davon verstehst du ja nichts, mein gutes Kind .. das sind Dinge, die ...«

»Oh, Papa!« unterbrach sie ihn empört ...»...nützlich machen kann ich mich ganz gewiß ... da ...zum Beispiel...« sie wandte sich an Textor ...»...so gut wie Sie kann ich das doch auch abschreiben! Das ist doch wahrlich keine Kunst...«

Und ihm den Zettel aus der Hand nehmend, las sie halblaut: »Herrn Doktor Sch., Charlottenburg. Sie fragen nach Hypothekenschiebungen des Zentralbauvereins, die in letzter Zeit im Grundstückverkehr viel von sich reden machten? Es gibt keine Baugesellschaft *obigen Namens* in Berlin. Sollten Ihre so präzisen und eingehenden Angaben auf eine andere Gesellschaft *ähnlichen* Namens passen, so würden wir es selbstverständlich für unsere Pflicht erachten, der unsauberen Ungelegenheit näher zu treten. Besten Gruß...«

Thea setzte sich und rüstete sich eifrig zum Abschreiben, als ihr Freund die Hand auf das Papier legte und es leise wegzog. »Lassen Sie das!« murmelte er verstört ...»...das ist eine Sache ... das wird nicht so einfach abgeschrieben. Es kommen noch einige Zusätze hinzu ...ein paar geschäftliche Bemerkungen, die Sie nicht abfassen können!...«

»So?« Thea wandte sich zu ihrem Vater. »Und du, Papa? ...ich glaube gar, du übersetzt aus dem Französischen! ...Na ...weißt du ...das kann ich auch ...vielleicht sogar besser ...das hat man mir wahrhaftig im Pensionat eingedrillt, wo wir eine Woche um die andere überhaupt nur französisch schwatzen durften ...also gib nur her...das mach' ich dir fein!«

Sie streckte den Arm aus, um die Zeitung zu nehmen, die der alte Herr hastig zusammen-
ballte und in den Papierkorb warf.

»Das ist nichts für dich, Thea!« Er beugte sich mit rotem Kopf über den Rand des Papier-
korbs ... »...das darfst du nicht lesen!«

Sie machte große Augen: »Ihr macht eine Zeitung, die ich nicht lesen darf?«

»Nein ... Thea ... das ist nichts für junge Mädchen!«

Sie schwieg eine Weile.

»Und so etwas schreibst du?« fragte sie dann ernst. »Und Sie, Herr Textor?«

Georg senkte stumm den Blick auf den Tisch. Der alte Herr aber bemühte sich, eine möglichst unbefangene und gewichtige Miene aufzusetzen.

»Es gibt eine Menge an sich ganz achtbare und einwandfreie Dinge, mein Kind ...« sprach
er ... »die aber nur für gereifte Menschen und nicht für halbe Kinder wie du bestimmt sind!«

»Und dazu gehört auch das Blatt »Paprika«?« forschte Thea.

Ihr Vater nickte. Etwas zu antworten wagte er nicht, und ebensowenig, sein Gegenüber anzusehen.

»Nun...« ... Thea lehnte sich resigniert in den Stuhl zurück ... »...dann seh' ich euch eben zu!
Daß ich allein da drüben sitz' und auf den häßlichen Hof hinausschaue, das könnt ihr nicht
verlangen. Ich werde ganz still sein und euch gar nicht stören!«

»...Aber so fangt doch an!« ermunterte sie nach einer ungeduldigen Pause wieder. »Ihr tut ja
gerade, als ob ihr euch vor mir geniert! ... Was wird denn Herr Heinlein sagen, wenn er mittags
kommt und sieht, daß ihr gar nichts vor euch gebracht habt?«

Der alte Herr seufzte tief auf, beugte sich über das Pariser Kokottenblatt, das er wieder aus
dem Korbe geholt, und begann in großen, zitterigen Zügen, lautlos die Lippen bewegend, zu
schreiben.

Auch Georg griff nach dem Bleistift. Aber er hielt ihn finster und reglos in der Hand, und
die Notiz an den Doktor Sch. in Charlottenburg gedieh nicht weiter.

Derlei zu schreiben, während diese träumerischen Kinderaugen vertrauensvoll auf ihm ruh-
ten ... nein ... es war unmöglich. Er schob den Bogen zur Seite und starrte mit einem Gefühl
bitterer Beschämung ins Leere.

Und da trafen sich seine Blicke mit denen des alten Freiherrn. Auch der hatte nach den ersten
Worten zu schreiben aufgehört. Ein verzweifeltes Lächeln spielte um seinen Mund.

Ein schweres Stillschweigen brütete über den drei Menschen.

»Ja ... was habt ihr denn nur?« wunderte sich Thea... »...bin ich euch denn wirklich so zur
Last?«

Georg faßte einen Entschluß, Er stand jäh auf und stieß den Stuhl zurück.

»Das geht nicht!« sprach er kurz und rauh zu den andern ... »...Das ist eine Schmach! ...das
ist nichts für mich ... und für Sie auch nicht!«

Auch der Freiherr hatte sich erhoben und neigte trübe das greise Haupt.

Thea begriff davon nichts. Sie war sitzen geblieben und schaute auf die beiden verstörten
Männer ... »...Was habt ihr denn nur?« fragte sie leise.

»O ... nichts Besonderes!« erwiderte Georg gleichmütig ... »...wir sind nur im Zweifel über
einige Artikel in dem Blatt und wollen warten, bis Herr Heinlein um zwölf Uhr kommt! Dann
können wir mit ihm darüber reden! Bis dahin,« ...er sah auf die Uhr ... »...könnte ich mir gerade
meine Sachen aus dem teuren Hotel holen lassen und mir hier irgendwo ein möbliertes Zimmer
in der Nachbarschaft mieten?«

»Tun Sie das, Textor!« pflichtete ihm der alte Herr eifrig bei und trottete in das Nebenzimmer,
um Rock und Weste anzuziehen und den grauen Zylinder auszubürsten ... »...und ich ... ich gehe
inzwischen...« er stockte und Georg dachte unwillkürlich, welchen Vorwand er nun nehmen
würde, um den angesagten Versöhnungsbesuch bei seiner Haushälterin in der Kanonierstraße
zu bemänteln ... »...ich gehe zu meinen Kunden hier herum und bringe ihnen die Totalisator-
Tickets, auf die sie verloren haben. Als Zeichen, daß es bei mir reell zugeht! Ich mach es nicht
wie die andern, die gar nicht für die Pferde ihrer Kunden setzen, sondern auf eigene Gefahr

am Totalisator spielen. Da kann man böse abschneiden, wenn dann mal ein Außenseiter, den man für einen Kunden hätte belegen sollen, den anderen die Eisen zeigt. Woher dann das Geld nehmen und nicht stehlen...?«

»...Und was mache ich, wenn ihr beide fortgeht?« unterbrach Thea betrübt das Geschwätz des alten Herrn.

Ihr Vater tätschelte sie sanft auf die Schulter. »Ein Stündchen nur, mein Goldkind ... dann sind wir beide wieder bei dir! ... Wir könnten uns ja unterwegs treffen, Textor ... was meinen Sie ... in der American-Bar an der Passage. Da hört man um die Zeit immer was Neues vom Turf...«

»Jawohl!« Georg nahm seinen Hut.. ».. also auf Wiedersehen, Fräulein Thea!«

»Auf Wiedersehen.« Sie sah ihm traurig ins Gesicht und umfaßte mit ihren beiden schmalen Händen seine Rechte ...»...ich hab' eigentlich Angst, hier allein in der Wohnung zu bleiben!«

»Hoho!« Der alte Herr lachte etwas gezwungen, während er die verfänglichen Papiere vom Tisch weg in ein Schubfach schloß ...»...Dir passiert nichts!...Sei nur ein tapferes, kleines Mädchen! ...Kommen Sie, Textor!«

Und beide stiegen die Treppe hinab.

»Schau! ...schau!« Herr Heinlein blieb ganz überrascht stehen, und ein Lächeln angenehmer Enttäuschung überzog sein glattes Gesicht.

Er war absichtlich beinahe eine halbe Stunde früher, als er dem Freiherrn in Aussicht gestellt, in das Geschäftszimmer des »Paprika« gekommen, um den alten Gauner einmal gründlich in seiner Nebenbeschäftigung als Wettagent zu ertappen, und hatte zu dem Zwecke auch, ohne anzuklopfen, vorsichtig die Türe aufgedrückt.

Und nun war der Redaktionsraum leer. Die beiden Herren Gottweißwohin verschwunden. Und dort drinnen im Nebenzimmer saß allein die junge Dame von gestern und schaute sehnsüchtig, als ob sie auf etwas wartete, durch die Scheiben.

Alle Achtung! Soviel Delikatesse und Entgegenkommen hätte er dem ehrwürdigen Herrn von Hoffäcker gar nicht zugetraut! Er hatte sich auf einen schweren Kampf gefaßt gemacht, auf allerhand Skandale und Szenen ... und statt dessen versteht ihn der Alte schon beim leisesten, eigentlich ganz unmerkbaren Wink, nimmt Hut und Stock und überläßt es seiner Tochter, den einflußreichen Gast zu empfangen...

Und wie geschickt die Kleine sich anstellt, als ob sie ihn nicht sähe. Herr Heinlein lachte bei sich und trat in rosigster Laune quer durch das Zimmer auf Thea zu, die bei dem Knarren seiner Stiefel erschreckt emporfuhr. Die Verlegenheit von gestern war bei ihm sofort geschwunden. Wenn die Dinge so lagen, so fühlte er ja den altvertrauten Grund unter den Füßen.

»...Guten Morgen, mein gnädigstes Fräulein ...welch angenehme Ueberraschung ...hätte ich geahnt, Sie hier allein zu treffen ...nicht einmal eine Rose kann ich Ihnen zum Morgengruß überreichen! ...«

Ein Schatten des Unmuts war über Theas feine Züge geglitten. Aber man durfte Herrn Heinlein, den Brotherrn, nicht reizen.

»Bitte, wollen Sie Platz nehmen!« sagte sie liebenswürdig ...»...mein Vater erwartete Sie, glaub' ich, erst in einer Stunde ...und darum gingen er und Herr Textor...«

Herr Heinlein setzte sich und lachte vergnügt ...»...ich kann's erwarten, mein Fräulein ... wegen mir können die Herren noch 'nen halben Tag ausbleiben, das heißt« ...er blinzelte zu ihr hinauf ...»...wenn Sie mir inzwischen Gesellschaft leisten.«

Thea war stehen geblieben und wandte sich jetzt von ihm ab. Der rundliche, kleine Herr flößte ihr durchaus keine Angst, aber ein Gefühl des Widerwillens ein. Und wie kam er dazu, sie einfach »mein Fräulein« zu nennen?

»Erlauben Sie?« Herr Heinlein zündete sich eine Zigarre an und begann eifrig zu rauchen. Etwas unbehaglich war es ihm doch ein paar Sekunden zumut, als er Theas Augen jetzt wieder so ernst und kühl auf sich gerichtet sah.

Ach was ...die glaubte eben, das müsse zum Anfang so sein! Sie hatte sich eben! Das tun die meisten! Ein Esel, wer die Gelegenheit nicht ausnützt.

»Wollen Sie sich nicht zu mir setzen?« fragte Herr Heinlein freundlich, mit den kleinen Augen zwinkernd ...».....nehmen Sie sich meiner doch ein bißchen an! Sehen Sie, da sitz' ich, ein armer Junggeselle, der in 'ner halben Stunde zur Börse muß, um sich dort von schlechten Menschen ausbeuteln zu lassen ...den ganzen Tag muß ich mich plagen ...und habe keinen Menschen, der mich tröstet oder gern hat...«

»Das glaub' ich schon!« dachte Thea. Aber sie verschwieg ihre Empfindungen, seufzte un-hörbar und nahm ihm gegenüber am Tisch Platz.

»Na ...also!« rief der Besucher erfreut ...».....nur munter! ...ich fresse Sie nicht. Ich bin ein guter Kerl ...ganz Berlin kennt mich dafür! ...Wenn man mich 'n bißchen lieb hat, dann bin ich ein Mensch wie'n Kind ...dann kann man mit mir machen, was man will. Namentlich die Damen! ...Glauben Sie's oder glauben Sie's nicht?« fragte er und neigte vertraulich den Kopf zu ihr herüber.

Sie schwieg. Was war das für ein unangenehmer Geselle!

Der aber schien nichts von dem Eindruck zu merken, den er hervorbrachte. »Versuchen Sie's mal!« fuhr er leise fort ...».....ob Sie mich nicht um den Finger wickeln können ...Wahrhaftig ... ich glaub', Sie können's ...Sie haben so was ...so ...so Apartes ...na ...mit einem Wort: Sie brauchen nur zu befehlen und ich gehorche!«

»Danke!« Thea stand, den Stuhl zurückstoßend, auf und trat ein paar Schritte zum Fenster. Der Gast wiegte sich wohlgefällig auf seinem Sessel hin und her.

»Brillant!« lobte er ...».....wie Sie da eben aufstanden ...stolz wie eine Prinzessin! Ich glaube, Sie haben Talent zum Theater!« Er sprang wie von einer plötzlichen Idee erfaßt empor und näherte sich ihr ...».....Wollen Sie zur Bühne gehen?« fragte er vertraulich ...».....ich bring' Sie durch ...ich habe meine Verbindungen überall ...Sie machen Karriere ...mein Wort darauf ...ich weiß schon, was Sie sagen wollen ...Talent oder nicht! ...ist ganz Nebensache! ...wer so schön ist wie Sie...«

»Wollen Sie jetzt einen anderen Gesprächsstoff wählen...« unterbrach sie ihn mit zornbeben-der Stimme...

Aber Herr Heinlein blieb fest: »Und die Reklame!« träumte er ...».....die großartige Reklame ganz umsonst! ...Fräulein Thea!...« – wahrhaftig! ...er sagte Fräulein Thea! ...sie wagte kaum ihren Ohren zu trauen – ».....denken Sie nur: eine junge Dame von uraltem Adel, die sich aus reinster Begeisterung die dornenvolle Künstlerlaufbahn erwählt ...umsonst die Tränen des grei-sen Vaters ...umsonst die Drohungen der ahnenstolzen Verwandten ...sie bleibt fest und unter-zeichnet den Kontrakt ...wird gemacht...« er verfiel wieder in seinen Geschäftston ...».....wird fein gemacht! Was meinen Sie, Fräulein Thea?«

Sie stand am Fenster und erwiderte nichts vor ratloser Wut. Am liebsten hätte sie den Kerl geohrfeigt.

Da hörte sie seine Stimme dicht neben ihrem Ohr. »Aber ein bißchen dankbar müssen Sie sein...« flüsterte er ...».....mich ein klein bißchen lieb haben, wenn ich das alles für Sie tue! Nicht wahr, Thea...« er legte vorsichtig den Arm um ihre Taille ...».....ein ganz bißchen lieb...«

Sie riß sich von ihm los und ballte wie zum Schlage die Faust. »Sie unverschämter Mensch!« stieß sie atemlos mit wutblitzenden Augen hervor.

»Nanu...« stotterte Herr Heinlein ...».....nu aber Spaß beiseite ...was ist denn...«

Da hörte er hinter sich, von der Türe her, zwei, drei elastische Sprünge und fühlte sich am Kragen zu Boden gerissen. Gleich darauf kniete ein Mensch auf ihm, preßte ihm mit der linken Hand die Gurgel zusammen und hämmerte ihm mit der Rechten blitzschnell und unaufhörlich ins Gesicht.

Während dieser Beschäftigung empfand Georg Textor das Gefühl einer wesentlichen Erleich-terung. »Gott sei Dank!« dachte er ...»jetzt komme ich doch noch dazu, den Lumpen durch-zuprügeln« ...und unverdrossen schlug er los.

Der kleine, feiste Körper unter ihm versuchte sich zwar zu wehren. Aber was vermochten sei-ne quallenweichen Muskeln gegen den katzenzähen, sehnigen Sportsman, der auf ihm kauerte.

»Georg ...Sie bringen ihn ja um!« schrie Thea.

»Natürlich!« Ihr Freund boxte aus Leibeskräften weiter ...»...jetzt zertret' ich diese Wanze! ... höchste Zeit ... Er wollte ja 'nen rüstigen Totschläger auf die Redaktion! ... Sind Sie mit mir zufrieden ... Herr Heinlein ... ja?«

Herrn Heinlein lief das Blut über das blaurote Gesicht. Die Aussicht, von dem wütenden Herrenreiter erwürgt zu werden, gab ihm verzweifelte Kräfte. Er benutzte eine Pause, wo jener abwehrend den Kopf gegen Thea wandte, und schnellte empor. Im nächsten Augenblick zwar hätte ihn Georg wieder gefaßt gehabt, aber Thea umklammerte von rückwärts dessen Arme. Diese Sekunde rettete Herrn Heinlein. Mit einem ungeheuren Satz gewann er die Türe und taumelte die krachenden Treppen hinab zum Toreingang, wo sein Wagen, den er bei der Ankunft, der Ueberraschung wegen, etwas abseits hatte halten lassen, seiner harrte.

Er sprang hinein. »Nach Haus!« lallte er dem verblüfften Kutscher zu, und die Equipage donnerte eilfertig durch die stille Gasse dahin.

»Nun kann er sich seine Zähne numerieren.« brummte Georg ...»...Im Nasenbein knackste auch etwas ... aber sonst...« er blickte die junge Dame vorwurfsvoll an ...»...sonst lebt der Halunke noch und Sie, Thea, sind daran schuld.«

»Gott sei Dank, daß Sie ihn nicht umgebracht haben ... Ihretwegen natürlich...« sagte Thea, vor Aufregung zitternd, »...mein Gott ... wie entsetzlich sahen Sie aus in Ihrer Wut!«

Georg brachte, immer noch voll ärgerlicher Kampflust, seine Toilette wieder in Ordnung. »Ich glaube nicht, daß er mich noch länger als Redakteur des »Paprika« behalten wird!« sprach er endlich tiefsinnig.

»Ja ... ich auch nicht!« Thea lachte hell auf und er stimmte in ihre Heiterkeit ein.

»Es ist ganz gut so!« entschied er ...»...das war hier eine unwürdige Geschichte, und der alte Papa verbummelte dabei völlig. Ein Segen, daß wir ihn auf die Weise mit Anstand herausgerissen und Herrn Heinlein schonend zu erkennen gegeben haben, daß wir uns zu verändern wünschen!«

»Die Empfindung hatt' ich auch gleich...« pflichtete ihm Thea bei ...»...daß das hier für Papa nicht gut tat! Ich bin recht froh darüber! Die Frage ist nur: Was nun weiter?«

»Das wird sich finden! Vor allem müssen wir Papa die große Neuigkeit mitteilen!«

»Sie wollten ihn ja ohnedies treffen?«

Er nickte: »In der American-Bar! Vorher hatt' ich die Absicht, mir hier möblierte Zimmer anzusehen. Und dabei dacht' ich: »Jetzt sitzt die arme, kleine Thea ganz verlassen dort oben. Du springst mal rasch einen Augenblick hinauf und siehst, wie es ihr geht!« ... Na ... und da kam ich ja gerade recht ... Herr Heinlein wird die nächsten Wochen vom Bett aus wuchern müssen!«

»Und Sie vom Bette aus verklagen und einsperren lassen!«

»Er wird sich hüten!« Der Sportsman öffnete ihr die Türe ...»...eher bringt man ein altes Huhn ins Wasser als Herrn Heinlein freiwillig vor Gericht! Die Leute dort sind ihm viel zu neugierig und wollen immer viel mehr von seinen Subsistenzmitteln und seinem Vorleben wissen, als ihm lieb ist.«

»Nun ... dann ist's ja gut!« Thea blieb vor dem Haustor stehen und sah fröhlich zu dem blauen Himmel hinauf ...»Heute scheint auch die Sonne. Heute ist überhaupt alles anders!«

»Weil wir den Heinlein los sind! Der Kerl hat wie ein Alp auf uns gelastet. Jetzt fängt erst das neue Leben an!«

»Ja. Das ist gewiß schön! Aber wie wird nun das neue Leben aussehen?«

»Das weiß ich nicht!« sprach er nachdenklich„ und beide schritten mit ernsteren Gesichtern die Linden entlang.

X.

Die American-Bar war um diese Stunde gesteckt voll. Vorn an den Glasfenstern des schmalen, langen Raumes saßen dicke Gruppen von Trainern, Jockeys und anderen Turfleuten, weiterhin schimmerten die bunten Mützen einiger Kavallerie-Offiziere, die an der Bar mit der allerhand Cobbler und andere, raffinierte »Drinks« mischenden Weiblichkeit schäkerten, die weißröckigen Kellner glitten hin und her, und ganz im Hintergrund, dicht an der eisernen Wendeltreppe, zeichnete sich eine Tafelrunde höchst zweifelhafter Physiognomien – überkorrekt gekleidete Stutzer und verlotterte, spitzbübisch lächelnde Lümpchen, würdevolle alte Herren und hagere, bleiche Gesellen – im Halbdunkel ab, zwischen denen, nur an den wehenden Favoris und der Glatze erkenntlich, der greise Freiherr thronte.

»Was sind denn das nun wieder für Menschen?« fragte Thea ängstlich ihren Freund.

»Es scheinen Winkelbuchmacher zu sein! Warten Sie hier außen, Thea! Das ist kein Lokal für Sie. Ich gehe hinein und befördere Papa ans Tageslicht!«

Beim Nähertreten bemerkte Georg, daß Herr von Hoffäcker sehr grimmig aussah. Die Unterredung mit der Haushälterin schien nicht nach Wunsch verlaufen zu sein.

Nicht ohne Mühe entfernte er ihn aus dem Kreise der Catilinarier, deren einer, wahrscheinlich um einen »großen Schlag« zu feiern, die ganze Gesellschaft mit allerhand amerikanischem Greuelzeug freihielt, und führte ihn durch das Lokal.

Unterwegs teilte er ihm das Ereignis mit.

Der alte Herr schien ganz fassungslos, als sie ins Freie zu Thea traten. Er sprach kein Wort, seine Augen waren feucht, die Wangen dunkel gerötet.

Georg und Thea tauschten einen betrübten Blick. Kein Zweifel: Herr von Hoffäcker hatte schon wieder stark gefrühstückt!

»Haben Sie's ihm denn auch ordentlich gegeben, Textor?« fragte er dumpf nach einer Weile. »Leider nicht genug!«

»Oh doch!« unterbrach ihn Thea ... »Schrecklich war's! Mir schaudert, wenn ich daran denke!«

»So ... hm...« der alte Herr wandelte schwerfällig mit ihnen die Linden hinunter ... »nun ... dann können wir ja jetzt spazieren gehen!«

Das konnte man allerdings! Für den Freiherrn war die frische Luft auch jedenfalls gut. Thea schob ihren Arm in seinen, wie um sich von ihm führen zu lassen, und stützte seine zittrigen Schritte.

Georg ging nebenher. Zuweilen sahen sie einander stumm an. »Wie wird das nun werden?« lasen sie aus ihren Blicken. »Wir beide sind jung und stark! Wir schlagen uns zur Not durchs Dasein. Aber diese Ruine von einem Menschen zwischen uns ... wie sollen wir auch die noch retten?«

Es war ein schweigsamer Spaziergang durch die sommerlich grünenden, vielfach geschlängelten Tiergartenpfade. Man hatte ja nur über die eine Frage sprechen können: »Wovon werden wir nun weiter leben?« Und gerade auf diese Frage fand man im Tiergarten keine Antwort.

Denn die Menschen alle, denen sie hier in diesem vornehmen Walde des Westens begegneten, die hatten zu leben! Offiziere von Kriegsakademie und Generalstab, junge und alte Dandies zu Pferd, greise Millionäre in Rollstühlen, die Familie und den Lieblingshund um sich. Schwärme sorglos spielender Kinder, eilfertig den Park durchquerende Geschäftsleute, promenierende Damen, denen im Schritt die Equipage folgte, die Gesellschafterin neben sich ... ach ja ... diese Leute waren satt und würden morgen satt werden und in vier Wochen auch, wogegen sie drei in vier Wochen vielleicht den letzten Taler sich wehmütig als ein Kuriosum von Hand zu Hand reichten, ehe sie ihn – und gewiß auf recht unvernünftige Weise – ausgaben!

Diese Betrachtungen stimmten sie nieder. In stillschweigendem Einverständnis drehten sie endlich um und wanderten an den prunkvollen Villen der Tiergartenstraße entlang wieder der Mauerstraße zu, die Georg und Thea vor etwa zwei Stunden verlassen.

Pfui ... wie häßlich und kahl war das alles, wo man eben noch Luxus und Glanz, wenn auch nur von außen, geschaut.

Aber Thea war nicht gewillt, sich entmutigen zu lassen. »Da hat er gelegen und mit den Beinchen gezappelt...« sagte sie befriedigt, auf die mit ein paar kleinen Blutspritzern bedeckten Dielen des Redaktionsraumes zeigend ...»ich erzähle dir noch, wie alles kam, Papa! Ich will nur erst Hut und Handschuh...«

Sie blieb sprachlos an der Türe ihres Zimmers stehen.

Das Zimmer war leer! Völlig leer! Nur in der Ecke ihre zwei Kofferchen, die paar Kleider und sonstigen Effekten unordentlich hinein und darüber gelegt, sonst die vier kahlen Wände!

Sogar die Gardinen fehlten! Und in den Vorderräumen, in die sie fassungslos zurückkehrte, waren die Fenstervorhänge auch weg. Darum waren ihr die Zimmer beim Eintreten so angenehm hell erschienen.

Auch der große Lehnstuhl und zwei der anderen Stühle waren verschwunden. Außer dem Redaktionstisch, dem Papierkorb und dem Bett des alten Herrn war fast nichts mehr da.

Und die Küche? Völlig ausgeräumt! Auf der Kochmaschine, deren Feuer erloschen, lagen, eine alte Zeitung als Unterdecke, ihre Einkäufe für das heutige Mittagsmahl. Und kein Glas, kein Teller, nichts mehr zu sehen.

»Ja ... was ist denn das?« murmelte sie mit tonloser Stimme.

Frau Kautz, die Schusterfrau von unten, war heraufgekommen.

»Sie hat sich nich halten lassen!« berichtete sie ...»was nämlich die frühere Haushälterin hier war. Vor 'ner Stunde kam sie angerückt ... mit 'ner Fuhre und zwei Männer dabei ... ihr Onkel ... gloob ich ... und noch eener ... und wie 'ne Furie 'ruff in die Zimmer ... und fort mit dem Zeug! Was ihr gehöre, das nehme sie mit ... sagt' sie ... und das könnt' ihr nicht passen, sagt' sie, hier auf einmal 'rausgeschmissen zu werden ... wegen der Tochter ... und 'nen Gruß ... und sie zöge zu 'nem Doktor in der Brunnenstraße!...«

»Das ist 'ne nette Geschichte!« sagte Georg.

»Ja, lieber Jott!« Das Schusterweib zuckte die Achseln ...»...so übel können Sie das der Frau nicht nehmen! Wenn man nu mal seine schöne eigene Wirtschaft hat ... det paßt nicht jedem, dann einfach 'ne fremde Dame darin wohnen zu lassen...«

Sie blickte im Weggehen verstohlen und etwas mißtrauisch nach Thea. Aber die war nicht mehr im Zimmer.

Hinten in dem kahlen Gemach kauerte sie auf einem ihrer Köfferchen und starrte trostlos vor sich hin.

Wo waren nun alle Hoffnungen und Pläne geblieben?

Wie schön hatten sie sich das gestern beim letzten Glase Sekt ausgedacht, hier zusammen zu arbeiten und zu hausen. Nun war das altes vorbei.

Und sie war daran schuld!

Sie allein! Wegen ihr war die Haushälterin mit Sack und Pack davongezogen und hatte den alten Herrn hilflos zurückgelassen. Wegen ihr hatte es den Streit mit Heinlein gegeben, durch den Georg die eben gewonnene Stellung und ihr Vater sein letztes bißchen Brot verlor.

Und sie hatte es doch so redlich gemeint! Sie war überzeugt gewesen, eine gute Tat zu begehen, als sie das Telegramm ihrer Verwandten unbeantwortet ließ, um mit dem armen, alten Manne drüben Mühsal und Not zu teilen.

Und nun war sie für ihn nichts als ein Bleigewicht, das ihn noch tiefer und tiefer hinabzog.

Heiße Tränen liefen über ihre Wangen. Wo blieb da die Gerechtigkeit der Welt? Hätte sie denn etwa ihrem Vater kaltblütig wieder den Rücken kehren sollen und herzlos in das warme Nest in Posen zurückschlüpfen – mochte aus dem Greise werden, was da wolle?

Nein! Sie verließ ihn nicht!

Sie stand auf und trocknete ihre Tränen. Er sollte sie nicht weinen sehen! Dann zerrte sie ihr Köfferchen über den Flur in das Vorderzimmer, wo es ja jetzt an Sitzgelegenheit mangelte, und zwang sich, während sie die Tür aufklinkte, zu einem sorglosen Lächeln.

XI

Der Freiherr saß auf dem letzten, übrig gebliebenen Rohrstuhl, Georg rittlings auf der Ecke des Redaktionstisches. Er klappte mechanisch die große Schere auf und zu, während der andere rauchte und stumpf vor sich hinsah.

Herrn von Hoffäckers Gesicht hatte dabei eine unheimliche Röte gewonnen. Er atmete schwer und fuhr sich zuweilen, wie um trübe Gedanken zu verscheuchen, mit der Hand über die Augen.

Thea hatte sich vor ihnen auf das Kofferchen am Boden hingehockt. Es zuckte um ihre Mundwinkel. »Wie hieß doch gleich der alte Herr?...« fragte sie melancholisch ...»...der auf den Trümmern von Karthago saß? ...So komm' ich mir jetzt auch vor!«

Ihr Vater seufzte nur zur Antwort und sie schaute besorgt aus ihren dunkelglänzenden Augen zu ihm empor.

»Was hast du nur, Papa? ...Du siehst so erhitzt aus!«

Herr von Hoffäcker machte eine abwehrende Bewegung mit der Hand:

»Ein bißchen Schwindel, liebes Kind! ...Das hab' ich in der letzten Zeit häufig! ...Und in diesen letzten Tagen ist zu viel über mich gekommen! Ich bin ein kranker Mann ...ich kann die Aufregungen und Erschütterungen nicht mehr vertragen!«

Sie war aufgestanden und streichelte seinem Graukopf. »Und ich bin daran schuld, Papa!« klagte sie leise.

Der alte Herr schüttelte das Haupt: »Du meinst es ja so gut, mein Goldkind! Aber es kam eben alles zusammen ...Der gräßliche Auftritt mit der ...der Person ...meiner Haushälterin ... heute vormittag ...du weißt nicht, was sie mir alles gesagt ...und ich mußt' es anhören! Denn es war wahr. Und das Unglück mit dem Heinlein ...und das Pech gestern beim Rennen ...und die ausgeräumte Wohnung ...und die Sorge um die Zukunft...«

Thea warf, den Lockenkopf zurück. »Nur nicht den Mut verlieren, Papa!« rief sie mit heller Stimme.

»Das alles hat mich auch nicht so getroffen!« Der alte Herr schaute trübe vor sich hin ... »...als daß du hast aus meinem Mund erfahren müssen, wie es um mich steht! ...Schau ...ich bin ja ein elendes Wrack! ...Ich leb' ja nicht mehr lange ...Aber für diese letzte, kurze Spanne Zeit, da war es mein Trost und meine Hoffnung, daß du an mich geglaubt hast! Alle andern Menschen haben mich verachtet und gemieden – du aber wußtest nichts davon! Deine Briefe waren wie sonst. Für dich war ich noch der makellose Edelmann von einst ...Durch dich lebte ich wieder in der Vergangenheit, wenn ich dein liebes krauses Geschreibsel las ...und daß nun auch das in Trümmern ist ...das hat mir den ärgsten Stoß gegeben. Seit vorgestern abend seh' ich immer einen schwarzen Schatten vor den Augen ...viel mehr wie sonst ...und es ist mir so bang zumut ...so bang...«

Sie beugte sich über ihn und küßte ihn. »Du hättest heute auch nicht so schwere Sachen trinken sollen!« sagte sie ängstlich ...»...ich hab's wohl gesehen! ...und an einem so heißen Tage und wo dir das Blut ohnedies so zu Kopf steigt...«

»Freilich!« murmelte der Alte ...»...freilich! ...Es hat mir auch gar nicht gut getan. Mein Herz klopft zum Zerspringen ...aber jetzt ist's zu spät!...«

Da pochte es, und Thea schlüpfte ins Nebenzimmer.

Ein großer, wohlbeleibter Mann mit blondem Vollbart und goldenem Zwicker erschien auf der Schwelle und trat ohne weitere Umstände ein.

»Darf ich Ihnen den Hut vom Kopfe schlagen, Herr Grunäus?« fragte Georg gleichmütig vom Redaktionstisch her ...»...oder ziehen Sie es vor, ihn selbst abzunehmen?«

Der Besucher warf einen boshaften Blick auf den kleinen, sehnigen Sportsman, den er um Haupteslänge überragte, lächelte verächtlich und entledigte sich seiner Kopfbedeckung.

»Ich bin im Auftrag des Herrn Heinlein hier, um Ihnen, Herr von Hoffäcker, vor Zeugen...« er wies auf den hinter ihm aufgetauchten Herrn von Lenski, ...»...Ihre sofortige Kündigung zu übermitteln. Mit Ihrem Gehalt sind Sie ohnedies ein Vierteljahr im Vorschuß. Sie haben also nichts weiter zu beanspruchen! ...Sie, Herr Textor, waren überhaupt noch nicht engagiert...«

»Wie geht es denn unserem Freunde Heinlein?« erkundigte sich Georg.

»Brauchen also auch nicht erst an die Luft gesetzt zu werden!« ergänzte Grunäus.

»Was!« Georg glitt vom Tisch herunter ...»was ist das für ein Ausdruck?«

Herr Grunäus sprang eilig zurück und machte den Versuch, seine massige Gestalt hinter dem hageren Buchmacher zu verbergen, der mit finsterem Lächeln in die Hosentasche fuhr. Der Griff eines Dolchmesser blitzte einen Augenblick daraus auf.

Georg sah den zähnefletschenden Desperado und den blondbärtigen Feigling dahinter an und lachte. »Zwei nette Brüder!« wandte er sich zu dem Freiherrn.

Der alte Herr hatte wütend den von Grunäus auf den Tisch gelegten Brief zerknittert.

»Hunde sind es!« stieß er keuchend hervor ...»Bestien sind es! Totschlagen sollt' man sie alle zusammen! Aber nein ...sie laufen frei in Berlin herum und genießen den Schutz der Gesetze...«

»Gott ...schimpfen Sie doch nicht!« sagte Lenski verdrießlich ...»...geben Sie lieber die Redaktionspapiere heraus!« Und da der andere keine Miene dazu machte, so öffnete er selbst die Schublade und entnahm die anonymen Zettelchen und das sonstige Material des »Paprika«.

Grunäus hatte wieder Mut gewonnen. »Sie werden schon sehen...« murmelte er, und sein bärtiges Faungesicht verzog sich zu boshaftem Hohn ...»...Sie werden schon sehen, was das heißt, wenn wir jemanden in der Mache haben! Sie auch, mein verehrter Herr Textor! Sie beide bringen wir schon noch um! Das ist wahrhaftig kein Kunststück...«

»Wie bringen Sie uns denn um?« fragte Georg neugierig.

»Sie werden's ja erleben!« lächelte der blondbärtige Mann zynisch ...»...warum machen Sie sich auch den Heinlein zum Todfeind? Jetzt hetzt er Sie durch ganz Berlin – bis in die Spree hinein ...oder an 'nen dürren Ast im Grunewald! Und hat ganz recht! Wer sich so gegen seine Freunde benimmt, der darf sich nicht wundern...«

Herr von Hoffäcker faßte mit wütendem Griff Georgs Arm. Sein Gesicht war blaurot gedunsen. »Dies Gezücht!« stöhnte er, von Grimm geschüttelt ...»...dies erbärmliche, scheußliche Gezücht! Das ganze Leben zerstört es einem ...in den Schlamm zieht es einen nieder und saugt das Mark aus den Knochen! Und wenn man dann zertrampelt im Kot liegt, dann höhnen sie einen noch ...Kanaillen!« brüllte er plötzlich los, daß die Männer unwillkürlich zurückfuhren und Thea erschrocken aus dem Nebenzimmer kam ...»Kanaillen ...Kanaillen ...ich bring euch noch um ...laßt euch nur vom Schutzmann auf der Straße bewachen...« ein heiseres Heulen drang aus seiner Brust ...»...ich erwürg euch doch und sage dem Richter: das haben diese Menschen aus mir gemacht ...bestraft mich ...aber schlagt auch meine Verfolger tot wie tolle Hunde ... sie verdienen's ...sie verdienen's! ...das sag' ich ...ein verlorener Mann ...sie verdienen's!«

»Kommen Sie!« murmelte Lenski finster zu dem andern.

Sie gingen. Auf der Treppe drehte sich Grunäus noch einmal um. »Mir haben Sie ja schließlich nichts getan!« rief er zu Georg hinauf ...»...also als gutmütiger Mensch rat' ich Ihnen: lassen Sie Berlin so rasch wie möglich fahren! Wo Sie oder der Alte etwa eine Stellung bekommen, da ist doch am nächsten Morgen der anonyme Brief bei Ihrem Brotherrn: »Sie beschäftigen einen vorbestraften Wechselfälscher und einen als ehrlos entlassenen Offizier!« ... Na ...und dann sitzen Sie doch wieder auf dem Pflaster, ...Mahlzeit!...«

Drinnen im Zimmer mühte sich Thea um ihren Vater, der schweratmend und am ganzen Leibe zitternd in den Stuhl gesunken war. Die Zorntränen liefen ihm aus den Augen, seine Lippen lallten abgerissene Worte.

»Aber so beruhige dich nur...« flehte sie ...»...Es geschieht ja noch ein Unglück, wenn du dich so aufregst ...du siehst ja aus, daß man sich erschrecken kann!«

Endlich wurde der alte Herr denn auch wieder ruhiger. Er versuchte aufzustehen, aber ein Schwindelanfall zwang ihn wieder auf den Sessel zurück, und er legte die unsichere Hand über die Augen, während Thea mit angstvoll zusammengepreßten Lippen danebenstand.

So traf Georg die beiden, als er vom Flur zurückkam. »Noch eine Neuigkeit!« sagte er und warf finster den Zigarettenstummel in die Ecke ...»...der Bengel aus der Wildprethandlung meldet mir eben, in unserer Abwesenheit hätte sich der Gerichtsvollzieher wieder nach Ihnen erkundigt. Die Haushälterin zog gerade aus und ließ ihn nicht an ihre Sachen. Nun wollt' er am Nachmittag wiederkommen!«

»Der Gerichtsvollzieher!« Der Freiherr schnellte bei dem bekannten Namen auf, und diesmal gelangte er wirklich, wenn auch schwankend, auf die Beine. »Rasch, Thea ... packe deine Siebensachen zusammen! ... Ich besorge unterdes irgendwo für dich eine Wohnung! ... Ein möbliertes Zimmer natürlich! Denn in ein Berliner Hotel kann man ein junges Mädchen nicht allein bringen!«

»Aber das eilt doch nicht so, Papa! Du wirst doch nicht jetzt gerade um die Mittagshitze und nach der Aufregung die Treppen hinauf und heruntersteigen, um mir ein Unterkommen zu suchen?«

»Und der Bandit?« knirschte Herr von Hoffäcker und bürstete in eilfertigem Schwung den hechtgrauen Zylinder aus ...»Du weißt schon, wen ich meine! Vorgestern hat er schon seine schmierige Klaue auf deinen Koffer gelegt. Für heute mittag hat er sich wieder angemeldet und macht es gerade so! Er nimmt uns einfach deine Sachen weg! Oder sollen wir wieder Schmuck versetzen? Wir brauchen unser bißchen Geld nötiger, als um es dem Gerichtsvollzieher in den Rachen zu werfen. Die Koffer müssen weg, ehe er kommt ... das ist doch klar!«

»Aber ich lasse dich nicht gehen,« sagte Thea angstvoll ...»...jetzt nicht!«

»Das kann ich ja doch besorgen!« rief Georg fast gleichzeitig.

»Sie?« Herr von Hoffäcker drehte sich die grauen Favoris zur Seite und gab der Krawatte den richtigen Sitz...

»Ich möchte es einmal sehen, wenn *Sie* für eine solide junge Dame Zimmer suchen! Kein Mensch glaubt Ihnen das! Sie wissen doch, wie man in Berlin ist! Wenn da nicht ein achtbarer, alter Herr erscheint ... nun...« er wandte sich zum Gehen ...»...in einer halben Stunde bin ich wieder da!«

Thea hielt seine Hand fest. »Bitte ... bitte, Papa!« drang sie in ihn ...»...gehe jetzt nicht ... mit dem hochroten Kopf, und in der Hitze! Tu's um meinetwillen nicht!...«

»Ich gehe!« widersprach der alte Herr eigensinnig ...»ich muß gehen! ... gerade um deinetwillen!« ... Er küßte sie zärtlich auf die Stirne ...»...ich werde schon ein Nestchen für dich ausfindig machen ... bei guten Leuten ... die freundlich zu meinem Goldkind sind ... ich lasse mir die Mühe nicht verdrießen ... und wenn ich zwanzig Wohnungen ansehen muß ... also auf nachher ... Ihr Lieben! ... auf nachher!«

Thea hörte, wie er langsam und zitterig mit dem Rohrstock tastend die Treppe hinabstieg, und brach in helles Weinen aus. Sie wußte selbst nicht, warum. Dann schlich sie in ihr Zimmer hinüber und begann, am Boden kniend, traurigen Gesichts ihre Sachen zu packen.

Georg wußte nicht, wie lange er schon allein und rastlos durch den halbleeren Geschäftsraum des »Paprika« geschritten war. Er langweilte sich. Beinahe hätte er gewünscht, daß der Gerichtsvollzieher käme! Das war doch eine Abwechslung, den pflichttreuen Mann vergeblich alle Winkel durchforschen zu sehen! Und vielleicht konnte man von einem so vielerfahrenen, in stetem Verkehr mit gescheiterten Existenzen lebenden Menschenkenner einen nützlichen Wink darüber erhalten, was man in einer Lage wie der jetzigen am besten anfangen solle.

Aber die leichten Schritte, die jetzt über den Flur glitten, konnten von keinem preußischen Beamten herrühren. Thea trat ein. Sie sah blaß und ängstlich aus.

»Es ist schon anderthalb Stunden, daß Papa weg ist!« sagte sie leise.

Georg zuckte die Achseln. »Er findet wohl nicht so bald etwas Passendes!«

Sie seufzte. »Wenn ich daran denke, daß er jetzt meinetwegen sich die arge Mühe macht! ... Sie wissen ja, wie schwer ihm das Treppensteigen fällt! Ach ... ich komme mir ganz schlecht vor! ... ich hätte ihn begleiten sollen, statt die Koffer zu packen!«

»Er hat Sie absichtlich nicht mitgenommen!« erwiderte ihr Freund.

»Ja ... warum denn?«

»Weil Sie – verzeihen Sie das harte Wort – viel zu hübsch sind! Das erregt in Berlin sofort Verdacht! Darin hatte er ganz recht!«

Sie sah ihn groß an. »Ich verstehe Sie nicht!«

»Das ist auch nicht nötig!« murmelte er, und beide verstummten.

»Jetzt ist wieder eine halbe Stunde verstrichen!« sagte Thea und trat bang ans Fenster ... »...ich halt' es nicht mehr aus. Ich muß ihn suchen!«

»Ja ... wo denn ... um Gottes willen?«

»Das weiß ich nicht! Man muß eben durch die Straßen gehen!«

»Da hätten Sie in Berlin viel zu tun! Bleiben Sie nur ruhig, Thea! Es wird schon nichts geschehen sein!«

Das junge Mädchen rang die Hände ineinander. »Das sagen Sie auch schon in einem so unsicheren Tone ... ich höre Ihnen die Angst durch!«

»Sie sind nervös, Thea!« Der Sportsman lächelte ihr freundlich zu ... »...und wenn die Damen nervös sind, dann hören sie alle möglichen Dinge und bilden sich Gottweißwas ein...«

»Es ist keine Einbildung...« flüsterte Thea ...»Papa weiß, wie ich mich um ihn ängstige. Er hatte versprochen, in einer halben Stunde zurück zu sein ... und wäre gewiß gekommen, auch wenn er nichts fand ... nur um mich zu beruhigen...«

»Na ... schließlich wird er schon kommen!«

Thea erwiderte nichts, und wieder trat ein banges Schweigen ein.

Da krachten schwere Tritte auf den Treppenstufen. Die beiden fuhren auf!

Nein ... das waren nicht die zitterigen Schritte des alten Herrn. Hart und dröhnend stieg es hinauf ... langsam ... unendlich langsam kam das dumpfe Stapfen näher.

»Es ist etwas geschehen!« stammelte Thea.

»Nein.« Seine Stimme klang zornig ...»dann hätte doch unten ein Wagen gehalten!«

Jetzt hallte es auf dem Flur und klopfte. Die Tür öffnete sich. Sie starrten darauf, als sollte ein Gespenst in ihr erscheinen.

Ein Schutzmann stand auf der Schwelle, eine Visitenkarte in der Hand.

»Guten Tag!« sagte er ...»...wohnt hier ein Freiherr von Hoffäcker?«

»Allerdings!« Georg war mißtrauisch ...»...aber zu Hause ist er nicht!«

»Ja ... das weiß ich...« der Schutzmann räusperte sich ...»...wir fanden nämlich seine Karte bei ihm und da ging ich her ... Sie sind ja doch wohl seine Angehörigen!«

Thea stürzte auf ihn zu. »Was ist geschehen?« stammelte sie.

»Na ... nur Mut ... Fräulein ...'s ist nicht so schlimm! ...dem Herrn Baron ist ein bißchen schlecht geworden. Er ist bei der Glut zu rasch die vier Treppen hoch gestiegen, um sich ein Zimmer anzusehen ... sagten die Leute in dem Haus ... und da fiel er eben hin ... und blieb auf der Stiege sitzen ... und wir haben ihn auf alle Fälle ins Krankenhaus gebracht...«

»War er bewußtlos?« fragte Georg.

»Ja ... das schon!«

»Und der Arzt ... haben Sie den nicht gesprochen?«

»Freilich!«

»Und was sagt er?«

Der Schutzmann warf einen mitleidigen Seitenblick auf Thea. »Das ist so eine Sache!« meinte er zögernd ...»...der Doktor sagt, es sei wohl ein Schlaganfall ... aber erschrecken Sie nicht ... der Herr ist ja noch am Leben!«

»Wo?« Thea war wie versteinert vor Entsetzen.

»In der Lützowstraße! Gleich hier um die Ecke finden Sie Droschken!«

»Kommen Sie!« Georg riß Thea mit sich. Sie stürzten die Treppe hinab und langsam folgte ihnen der Schutzmann.

XII

Wie sie in das Krankenhaus gekommen, das wußten sie kaum. Aber da stiegen sie die Steinstufen hinauf, vorbei an geräuschlos huschenden Schwestern, an Rekonvaleszenten aus dem Volke in gestreiften Leinwandkitteln, und anderen Menschen, die alle so gleichgültig und teilnahmlos aussahen, als sei heute gar kein besonderer Schreckenstag für die Welt.

Und da war der Gang mit den Zimmern der ersten Klasse. In seinem Halbdunkel ein junger Arzt in gedämpftem Gespräch mit ein paar Diakonissen.

»Herr Baron Hoffäcker?« er wandte sich freundlich, aber sehr ernst zu Georg ...».. .Die Herrschaften sind Verwandte des Patienten?«

»Ich bin nur ein Freund des Hauses, aber hier ist die Tochter!«

...»O ...die Tochter...« Ein beinahe unmerklicher Augenwink des Arztes, der Georg einen dumpfen Verdacht einflößte – und eine der Schwestern trat unauffällig hinter Thea. Wie um sie zu schützen, stand sie phlegmatisch da.

»Wie geht es meinem Vater?« flüsterte Thea.

»Er war bewußtlos, als man ihn brachte,« erwiderte der Arzt langsam ...».. .und er ist es geblieben!«

»Bis jetzt?«

»Bis jetzt!«

»So wird er mich nicht erkennen?«

»Er wird Sie nicht erkennen, mein gnädiges Fräulein...« Der junge Mann sprach leise, wie zu einer Kranken ...»auch in Zukunft nicht ...Seien Sie stark ...Sie müssen es ja erfahren...«

Die Schwester trat noch näher und legte sanft ihren Arm um Thea.

»Sie kommen zu spät! Vor einer Viertelstunde war's vorüber!«

Das waren nicht mehr die rötlich gedunsenen Züge des jovialen Industrieritters, die sich da reglos von dem Weiß der Kissen abzeichneten. Der Tod hatte seine starre Majestät darüber gebreitet. Ein Edelmann lag da – das strenge, vornehm geschnittene Gesicht nach oben gewendet, einen herben Zug um den bleichen, von den grauen Bartsträhnen beschatteten Mund, die Hände gottergeben über die Brust gefaltet.

So mochte wohl im Lauf der Jahrhunderte manch ein Hoffäcker am Abend der Schlacht auf grünem Rasen, zwischen Blut und Leichen geruht und aus erloschenen Augen zum Himmel ausgestarrt haben – so mochte noch er selbst, der Kammerherr und Großgrundbesitzer in Rhena, in der Erinnerung seiner einstigen Freunde weiterleben.

Schattengleich gingen diese Gedanken Georg durch den Kopf, wie er so dasaß und unverwandt auf den stillen Mann in dem Bette schaute, vor dem in lautlosem Schluchzen der schlanke Mädchenkörper kniete.

Die Stunden krochen langsam dahin. Von ferne klingelte das Spitalglöckchen zur Andacht, im Gange schollen schleichende Tritte, halblautes Geflüster, ab und zu das Zuschlagen einer Türe, ein warnendes pst ...all die unheimlichen, gedämpften Töne des Krankenhauses.

Von dem durch eine Türe getrennten Nebenraum hörte man zuweilen undeutliches Gemurmel. Dort besuchten Freunde einen leicht erkrankten Referendar. Sie hatten von dem Unglücksfall nebenan gehört und verhielten sich ganz still, während sie ihren Skat spielten, auf den sich der ungeduldige Patient immer schon den ganzen Tag freute. Nur selten klangt ein abgerissenes Wort, das Schnalzen eines Kartenblattes herüber.

Unten auf der Straße läutete die Pferdebahn. Zu Hunderten und zu Tausenden gingen die Menschen vorbei, fühllos lachend und sinnend, daß ein Zorn bei ihrem Anblick den verstörten Sportsman ergriff. Was hatten diese Menschen zu scherzen und zu plaudern? Warum taten sie's, wo doch über ihnen der Tod in schweigender Größe thronte, warum eilten sie und hasteten ihren Geschäften nach, wo doch alle die tausendfach verschlungenen Wege der Millionenstadt sich rettungslos an dem einen dunklen Ziele trafen?

Es dämmerte schon stark. Die Oberschwester des Ganges stand neben Georg.

»Sehen Sie doch, daß Sie das Fräulein jetzt wegbringen...« raunte sie ...»...wir haben ja noch manches mit dem Toten zu tun ...und das Zimmer muß auch wieder in Ordnung kommen ... es kann ja jeden Augenblick wieder jemand eingeliefert werden ...das reißt bei uns nicht ab...«

Er hob Thea sanft empor. »Wir wollen jetzt gehen...« flüsterte er ihr ins Ohr ...»...bis morgen früh, Thea...«

Sie schüttelte stumm das verweinte Köpfchen. Sie wollte dableiben ...bei dem armen, alten Papa...

Aber als er sie mit sanfter Hand in die Mitte des Zimmers führte, merkte er, daß sie nur wenig widerstrebte. Sie war wie gebrochen. Willenlos hing sie sich an ihn und ließ sich von ihm, nach einem letzten verzweifelten Schluchzen und Küssen des Verblichenen, hinausführen.

Draußen, im Vorgarten des Spitals, blieb sie stehen und schaute zu den Fenstern hinauf.

»Nun bin ich ganz allein...« sagte sie leise.

Ihr Freund zog sie an sich

»Nein ...Thea ...nein...« sprach er und streichelte sanft ihre in seinem Arme ruhende Hand, während sie der Droschke zuschritten, die, von dem Portier besorgt, am Portal wartete ... »...nicht allein ...ganz gewiß nicht ...ich bin bei dir ...und ich bleib' bei dir und verlaß dich nicht ...du warst ja sein einziges Kind ...du hast nie einen Bruder gehabt ...aber jetzt hast du einen! ...einen guten, treuen Bruder, der es von Herzen redlich mit dir meint ... glaubst du's? ...Thea ...dann gib mir die Hand und sag' auch »du« zu mir, damit ich weiß, daß ich dein Bruder sein darf...«

Sie erwiderte nichts. Aber er sah, wie ihre Hand die seine suchte, wahrend sie vergrämt zu Boden sah, und er fühlte ihren langen, dankbaren Druck...

Der Kutscher griff, des Befehls gewärtig, an den Hut. Ja ...wohin nun?

Am besten ist es, sagte Georg halblaut ...»ich fahre jetzt mit dir in ein Hotel, vielleicht ins christliche Hospiz...«

Sie machte eine abwehrende Bewegung. »Nicht allein!...« flüsterte sie schaudernd ...»...um Gottes willen nicht allein diese Nacht! ...ich fürchte mich!«

»Ja ...aber wie soll man denn sonst...?« Ein Gedanke erfaßte ihn. »Nach der Mauerstraße 107«, beorderte er den Kutscher, und der Wagen fuhr davon, nach der verwaisten Wohnung des alten Herrn.

»Dort werden wir schon ein Nachtquartier für dich herrichten!« Georg faßte wieder im dämmerigen Innern des Coupés ihre Hand ...»...hinten in deinem leeren Zimmerchen! Und ich bleibe die Nacht über in der Vorderstube und brenne Licht und lese in einem Buch. Dann weißt du, daß ich dir nahe bin, und hast keine Angst ...nicht wahr, Thea?...«

Sie nickte und sah ihn dankbar aus ihren feuchten Augen an. Eng aneinander geschmiegt fuhren sie zusammen in das Gewühl der Weltstadt hinaus, während hinter ihnen das Krankenhaus im Schatten der Nacht versank.

Ein Zehnmarkstück, das Georg der Schustersfrau unten im Keller in die Hand gedrückt, wirkte Wunder!

Der Herr Baron könne ganz ruhig sein! Das Nötigste, was das Fräulein für die Nacht brauche, das wolle sie schon hinaufschaffen. Ein paar Matratzen ...freilich auf den Boden hin – denn das Bett des alten Herrn ...das wolle sie doch wohl nicht – ...aber es sei ja jetzt warmer Sommer ... und Kissen und Bezüge ...und ein paar Möbel ...und Waschgeschirr ...Jawohl ...der Herr Baron solle nur das Fräulein indessen hinaufführen ...sie käme gleich mit ihren Leuten nach!

Oben, im Redaktionsraum des »Paprika« sahen sich die beiden eine Weile in stummem Entsetzen an. Es erschien ihnen ganz unglaublich, ganz furchtbar, daß der fidele, alte Herr, der noch vor wenigen Stunden hier gesessen und mit ihnen geplaudert hatte, daß der nun als ein starrer, ernster Mann weit von hier in einem fremden Hause liege und nie mehr wieder hierher zurückkehren sollte ...in das dürftige, kahle Nest, in das er den Rest seines gescheiterten Daseins geborgen.

Alles sprach hier noch von ihm in diesen öden vier Wänden. Der rote Fez mit der abgerissenen Troddel, der neben der großen Schere auf alten Zeitungen prangte, die Zigarettenstummel am Boden, die schiefgenagelten Sportbilder an den Wänden, der alte Schlafrock auf dem unordentlichen Bett, darauf ein zerlesener französischer Roman – es war, als harrten alle diese verschossenen und vergilbten Dinge ihres verkommenen, brüchig gewordenen Herrn, als höre man schon seinen bedächtigen, zitterigen Schritt und sein dröhnendes Räuspern unten auf der Treppe.

Und er würde nie mehr hier eintreten … nie mehr seinen Rohrstock dort in die Ecke stellen, mit großartiger Handbewegung den grauen Zylinder vor dem Wegsetzen glätten und sich würdevoll mit dem buntseidenen Tuch die Schweißperlen von der kahlen Stirne trocknen…

»Auf nachher … Ihr Lieben … auf nachher…!« Das waren die letzten Worte des alten Sünders gewesen, als er ging, um für sein geliebtes Töchterchen eine Unterkunft zu suchen.

Nun hatte er selbst die letzte, die beste Unterkunft gefunden. In bitterem, unaufhaltsamem Schluchzen lehnte sich Thea an die Brust des Freundes…

»So … nu wären wir soweit fertig…« tönte von der Türe die Stimme der Frau Kautz, die mit einladendem Lächeln nach dem Hinterzimmer wies.

Dort war in der Tat ein Lager am Boden, und was Thea sonst brauchte, notdürftig gerichtet.

»Ich danke Ihnen, liebe Frau!…« Thea ging langsam nach hinten …»…nun brauch' ich nichts mehr … und wär' am liebsten allein … Gute Nacht…« sie drückte Georg die Hand und schloß die Türe, während sich die Schustersfrau entfernte.

Georg Textor war in seine Räume vorn zurückgekehrt und starrte auf die dunkle Straße hinab. Da vernahm er von drüben einen leisen Ruf.

»…Georg…!«

Das war ihre Stimme! Hastig trat er auf den Flur.

Sie hatte die Türe noch einmal geöffnet und stand, vom Lichtschein der innen brennenden Kerze hell umflossen, auf der Schwelle.

Einen Blick nach rechts und links, wie um sich zu überzeugen, daß die Frau gegangen. Dann streckte sie ihm beide Hände entgegen. »Georg … ich danke dir!« sagte sie mit tränenerstickter Stimme.

Dann schloß sich die Türe wieder.

Sie hatte ihm »du« gesagt!… Sie hatte ihn gern!

Ein seliges Lächeln lag auf dem hageren Gesicht des kleinen Sportsman, während er die Kerze auf dem Redaktionstische des »Paprika« anzündete.

Sie nahm seine Hilfe an! Er durfte bei ihr bleiben. Jetzt und vielleicht immer.

Was war das für ein köstliches Gefühl, was für eine erwärmende, belebende Kraft, mit der dieser Gedanke ihn erfüllte.

Er durfte für sie arbeiten .. für sie sich sorgen und mühen, welch ein Glück, welch ein großes, unverdientes Glück!

Es kam Georg Textor vor, als sei er in diesen paar Tagen, seit er die Garnison verließ, ein ganz anderer Mensch geworden.

Als ein verbitterter, zornmütiger Geselle war er da in die Nacht hinausgefahren. Alle Menschen waren seine Feinde! Sein »Ich«, *sein* Fortkommen in der Welt – das schien ihm allein beachtenswert!

Und jetzt … was lag jetzt an ihm? Jetzt handelte es sich um bessere Dinge. Das arme, süße Geschöpf, das unter seinem Schutze dort drüben schlummerte, das mußte gerettet, das mußte auf den Händen getragen und vor allen Fährlichkeiten und Roheiten der Welt sorgsam behütet werden.

Wie es ihm selbst dabei erging, das war ganz gleich! Wenn er nur ihr das Leben heiter gestalten konnte! Die hageren Züge des kleinen Sportsmans verklärten sich in freundlich lächelnder Güte und Zärtlichkeit.

Er fühlte sich so froh … so leicht. Weiß Gott … wie ein anderer Mensch! … wie ein besserer Mensch…

Woher kam das?

Seine Lippen gaben ihm selbst die Antwort: Jawohl ...das war die Liebe ...die reine Liebe, die das Beste aus uns herausholt, was in uns armen Menschen steckt.

Für andere leben ..., das ist das Glück!

Er trat vorsichtig auf den Flur, um zu sehen, ob sie noch etwas brauche. Nein! Er vernahm von innen, in langen Pausen, ihre tiefen, schweren Atemzüge. Sie schlief! Die Erschütterungen der letzten Tage, der furchtbare Schlag von heute hatten sie überwältigt. In einem bleiernen, ohnmachtähnlichen Schlummer glich die Natur das Leid und Wehe der Armen aus.

Lange stand er da. Tiefe Stille ringsum. Kein Laut in der dunklen Nacht, in der er andächtig ihren Schlummer bewachte.

>>Du bist die Ruh – du bist der Frieden...
Du bist vom Himmel mir beschieden...<<

Unwillkürlich summten seine lächelnden Lippen das alte Lied, das er so oft gedankenlos im Konzertsaal gehört, während er auf seinen Wachtposten im Vorderzimmer zurückkehrte.

Dort starrte er träumend in das Kerzengeflacker.

Gottes Friede mit dem alten Herrn! Es war ein Glück für ihn, daß es so kam und gerade jetzt so kam, wo noch in seinen letzten Stunden ein Strahl warmer Liebe wie der Abschiedsgruß der sinkenden Sonne sein zerfallenes Leben vergoldet hatte...

Jawohl ...jener war morsch und siech! Jener mußte hinüber!

Aber er, Georg Textor, er war noch kein verlorener Mann! Seine Faust ballte sich, seine Augen blitzten freudig. Er war jung und stark und unverzagt. Er konnte kämpfen und arbeiten trotz Einem!

Und das wollte er! denn jetzt hatte das Leben für ihn Wert ...und mehr als das ...er stieg vor sich selbst im Werte und gewann eine Achtung und ein Zutrauen zu sich selbst, das er früher nie gekannt.

Und wieder suchten seine Blicke dankbar jenes Kämmerchen dort hinten, in dem die Geliebte schlief, und wieder klang in ihm die Erinnerung an das alte Lied:

>>Du hebst mich liebend über mich!...
Mein guter Geist ...mein bess'res Ich...<<

XIII

Es klirrte langsam die steile Treppe des Hauses in der Mauerstraße empor ...es stieg ins erste Stockwerk, von da ins zweite und kam unschlüssig, wie suchend, wieder auf den unteren Stiegenabsatz zurück.

Undeutlich hörte das Georg in seinen Träumen. Er war, auf dem Stuhle sitzend, eingeschlafen. Sein Kopf ruhte auf der Kante des Tisches. Das ausgebrannte Licht stand davor. Er hätte seiner auch nicht mehr bedurft. Denn längst war es draußen heller Tag, und drang das ferne Brausen der Weltstadt in das Zimmer.

Was dies Klirren nur bedeuten mochte? ...Es vermengte sich mit den bunten Bildern seines Schlummers ...War denn der polakische Bursche verrückt, daß er in aller Gottesfrühe seinen Säbel umschnallte, wenn er in den Stall zum Futtern ging? Donnerwetter ja ...und Hertha lahmte ja gestern abend! Der kleine Groom, der im Stalle schlief, hatte es ihm gemeldet! ...Wen sollt' er da heute beim Felddienst reiten? Vielleicht »Comteß?« ...der Steepler ging schlecht vor dem Zug ...er machte da Sprünge wie ein Geißbock ...na gerade ...das war amüsant! ...Aber Zeit war's zum Felddienst ...zum Donnerwetter ...wo blieb denn der Bursche, der Himmelhund, mit Stiefeln und Attila? ...

Er fuhr auf und sah verstört in der Redaktion des »Paprika« herum.

Wie kam er denn hierher? Ach so ...richtig ...mit einem Schlag stand ihm plötzlich wieder alles im Kopfe da. Und doch empfand er, während er sich gähnend die Augen rieb, immer noch einen leisen Zweifel, was denn nun eigentlich die Wirklichkeit sei – das, was da um ihn war ...oder die Erinnerung an die Vergangenheit...

Ach nein. Die war versunken, die war für ihn ein Märchenland geworden, das er nur noch nachts im Traume sah. Aber da ...er schaute erstaunt auf ...da an der Tür stand ja noch eine Gestalt aus dem verschwundenen Reich der Waffen, die hochgewachsene Gestalt eines Infanterie-Offiziers.

Es war schon ein älterer Herr, ein Major oder so etwas, mit ernstem, gefurchtem Gesicht. Zu dem keck aufgedrehten Schnurrbart wollte das an den Schläfen leichtergraute Haar, zu der strammen Haltung der müde Ausdruck der Augen nicht recht passen. Einer von denen, die, den Schatten des blauen Briefs über dem Haupte, sich mit Gewalt jung zu geben suchen, um nicht der »Verjüngung« zum Opfer zu fallen. Solcher waren viele in der Armee! Georg kannte sie wohl.

Der Fremde sah sich im Zimmer um und wiegte ein paarmal bedächtig den verwetterten Kopf, als wolle er sagen: »Also so schaut's hier aus! Na, das dacht' ich mir!« Dann machte er eine leichte Verbeugung gegen den sich erhebenden Sportsman. »Bin ich hier recht bei dem Herrn Baron Hoffäcker? ...Ja? ...Dann kann ich ihn wohl sprechen?«

»Nein!« erwiderte der kleine Herrenreiter, noch ganz vom Schlafe verwirrt ...»...das können Sie nicht mehr!«

»Warum nicht?«

»Ja ...weil er tot ist. Gestern mittag hat ihn der Schlag gerührt!«

»Der Schlag ge...« Der andere trat betroffen zurück. Ein seltsamer Ausdruck spielte über seine hartgeschnittenen Züge ...Wie Zorn sah es aus ...und wie Befriedigung zugleich! ...Also tot! ...Der alte Industrieritter tot, der zum zähneknirschenden Ingrimm seiner Geschlechtsverwandten das uralte Wappenschild der Freiherren von Hoffäcker mit unauslöschlicher Schmach bedeckt hatte! Aber fast sofort gewann die Selbstbeherrschung des preußischen Offiziers wieder die Oberhand.

»Ich bin sein Vetter...« sagte er langsam ...»Major von Hoffäcker...«

»Textor!« Georg verbeugte sich.

»Sehr angenehm! Sie waren mit dem ...Verstorbenen bekannt?«

»Ich war in letzter Zeit hier mit ihm zusammen geschäftlich tätig...«

»So?« In der trockenen Stimme des Majors lag durchaus keine besondere Hochachtung über diese Nachricht ...»dann kennen Sie also das Vorleben meines Vetters ...und werden es begreiflich finden, daß ich mir eine gewisse Zurückhaltung in der Trauer um einen Mann auferlege, durch den ich meinen Namen in allen Zeitungen in Verbindung mit Wechselfälschung und Gefängnis las!«

»0 gewiß, Herr Major?«

»Und wo befindet sich die Leiche?«

»In dem großen Krankenhaus in der Lützowstraße!«

»Danke! ... Hat er – ich frage der Ordnung wegen – etwas hinterlassen?«

»Schulden!«

Das wunderte den Major offenbar nicht sehr. »Ich werde einen Rechtsanwalt mit der Prüfung und Bezahlung dieser Schulden betrauen...« sagte er ...»und selbstverständlich auch alle weiteren Kosten tragen...«

»Ich wüßte auch kaum, wer es sonst tun sollte!« Georg schaute melancholisch in dem öden Gemach umher ...»meine Finanzen sind äußerst schwach ...und hier, in den Räumen des alten Herrn blieb der Gerichtsvollzieher schon beinahe über Nacht...«

»Und nun sagen Sie...« Der andere trat auf ihn zu und dämpfte mühsam die Erregung seiner Stimme ...»wo ist seine Tochter? Ihretwegen reiste ich her...«

»Da nebenan!«

»Was ... hier ... in der Wohnung?« Ein mißtrauischer Blick glitt an Georgs stutzerhaft gekleideter Gestalt hernieder.

»Ja. Aber sie schläft noch. Und ich find ...es ist grausam, sie früher zu wecken, als es unbedingt nötig ist!«

Der Major überlegte einen Augenblick. »Sie haben recht, Herr Dr. Textor!« sagte er dann kurz ...»ich werde jetzt gehen und vorerst das andere alles erledigen...«

»Sehr wohl!« Georg öffnete ihm die Tür ...»aber Doktor bin ich nicht!«

»0 ... pardon! ... ich dachte ... ein Redakteur...«

»Ich bin auch kein Redakteur,« sagte der Sportsman kaltblütig, »sondern ein vor wenigen Tagen mit schlichtem Abschied entlassener Husarenleutnant!«

»0h...« Ein Zug des Widerwillens erschien auf dem Gesicht des stehenbleibenden Majors. »Eine nette Gesellschaft«, konnte man da deutlich lesen. Aber er bezwang sich. »Also auf Wiedersehen, Herr Textor!« sprach er mit gleichbleibender Höflichkeit, legte zwei Finger an die Mütze und stieg die Treppe hinab.

Und wenn er wiederkam?

Eine furchtbare Angst erfaßte Georg, als er allein war. Wenn jener wiederkam, dann nahm er Thea mit sich. Das war ja ganz klar. Das war ja seine Pflicht.

Oder er versuchte es wenigstens, sie mitzunehmen. Und dieser straffe Feldsoldat machte durchaus nicht den Eindruck, als würde er es an der nötigen Energie fehlen lassen.

Andererseits ...er, Georg Textor, hatte kein Recht, sie zu beeinflussen! Er durfte nicht verlangen, daß sie ihr Leben an das Schicksal eines Mannes knüpfen sollte, der ihr vorläufig noch nichts als ein leeres Portemonnaie und einen ehrlosen Namen bot!

Wenn sie es doch tat, so mußte das eben ihr eigener, ihr ganz freier Entschluß sein.

Und wenn sie es nicht tat ...wenn sie den gewiß sehr verständigen, gewiß sehr eindringlichen Vorstellungen des Majors folgte...?

Es wurde Georg Textor immer schwerer ums Herz. Er wußte nur zu gut: dann war es aus mit ihm! dann riß sein Anker im Leben! Gott mochte dann wissen, wohin er trieb, wo er zerschellte.

Er lief ruhelos durchs Zimmer, eine Stunde und eine zweite. Fast ohne zu wissen, was er tat, machte er, so gut es ging, etwas Toilette und schluckte den dünnen Kaffee, den ihm die Schustersfrau brachte.

Und dann schritt er wieder hin und her, den hageren Kopf zu Boden gesenkt, die Hände in den Taschen, und wartete, bis wieder das gespenstige Säbelklirren auf der Treppe ertönen und die Stunde der Entscheidung kommen würde...

Da klopfte es endlich, und der Major trat ein. Georg bot ihm schweigend einen Stuhl. Der Anblick des alten Offiziers war ihm eine Erlösung, so sehr er den Mann haßte, der ihm sein

Liebstes, sein Einziges ans Erden wegnehmen, wollte. Denn nun mußte doch wenigstens dieser marternde Zweifel ein Ende finden.

»Ich habe alles besorgt...« sagte sein Feind aus Posen ...»bitte, sich also finanziell in keiner Weise zu bemühen, Herr Textor. Oder haben Sie etwa gar Ihrerseits noch Forderungen? Nein? Danke sehr! Die Beisetzung findet schon heute abend statt. Um meiner Nichte willen werde ich ihr beiwohnen und gleich darauf mit ihr abreisen. And jetzt...« ...sein Blick ging suchend durch die Wohnung ...»würde ich sie allerdings gerne bald sprechen!«

Da öffnete sich drüben leise eine Türe.

»Bist du da, Georg?« tönte es, sanft und etwas angstvoll über den Flur.

»Jawohl, Thea!« Seine Stimme klang stark und er sah dabei dem Major gelassen ins Gesicht, das sich langsam in finsterem Zorne rötete.

Jetzt schien ihm manches klar zu werden. Aber er schwieg. Die beiden Männer maßen sich mit stummen, feindseligen Blicken, bis Thea eintrat und beim Anblick ihres Onkels erschrocken stehenblieb.

Sie hatte sich verändert in dieser Nacht ...war Georgs erster Gedanke. Die lachende Kindlichkeit war aus ihren Zügen geschwunden. Der Schmerz hatte sie zum Weibe gemacht. Sie war ernster, gereifter und eben darum um vieles schöner, wie sie so blaß und hochaufgerichtet an der Türe stand.

Der Major trat auf sie zu und faßte ihre Hände.

»Wir wollen nicht von der Vergangenheit sprechen, Thea!« sagte er ernst ...»...auch in Zukunft sollst du bei uns in Posen nie mehr ein Wort darüber hören. Denn du hast schwer genug für alles gebüßt. Das einzige, was ich verlange und erwarte, das ist, daß du noch heute mit mir in deine Heimat zurückfährst! ...nicht wahr, Thea?«

Sie schaute zu ihm auf und schüttelte den Kopf, daß die dunklen Locken flogen. »Nein, lieber Onkel! Das kann ich nicht!«

»Und warum nicht?« Er suchte unwillkürlich mit den Augen Georg, der reglos am Tische lehnte.

Sie folgte seinem Blicke. »Du hast doch gehört, daß ich zu ihm »du« gesagt hab'!«

»Ja ...und das ...das soll etwa heißen...«

»Das soll heißen, daß wir beide ...er und ich ...beisammen bleiben und Mann und Frau werden! Das haben wir gestern ausgemacht!«

»Und wovon werdet ihr leben ...als Mann und Frau?«

»Das wissen wir noch nicht!«

»Und wenn ihr nichts zu leben findet?«

»Dann werden wir eben hungern!« sagte Thea gleichmütig.

»Das hält man nicht so lange aus, als du glaubst...«

»Dann verhungern wir eben! Aber beisammen bleiben wir...«

Der Major griff sich verstört an die Stirne. »Du bist von Sinnen, Thea!«

»Dann sterben wir eben! ...Eines mit dem andern...« Thea sah ihm ruhig ins Gesicht ... »...begreifst du's denn nicht, Onkel? ob wir leben oder sterben, sind wir beide eins und tragen alles zusammen, was da kommt! Und was man zusammen trägt, das wird schon nicht so schrecklich sein...«

Der Major wandte sich an Georg.

»Haben Sie denn gar kein Gefühl der Verantwortung mehr im Leibe, Herr Textor?«

»O doch!« sagte der kleine Sportsman ...»...Eben jetzt fang' ich, zum erstenmal in meinem Leben, an, dies Gefühl zu bekommen und befinde mich sehr wohl dabei!«

»Dann müßten Sie doch erkennen, daß es Ihre Pflicht ist, ein Mädchen freizugeben, für das Sie in keiner Weise...«

»Nein!« sprach Georg ehrlich ...»...das können Sie nicht verlangen! Sehen Sie: jetzt bin ich ein halbverlorener Mensch. Von Thea hängt es ab, ob ich ganz zugrunde gehen oder was Rechtes werden soll. Das werd' ich nämlich, wenn sie bei mir bleibt! darauf dürfen Sie sich verlassen!«

Der andere warf ihm einen grimmigen Blick zu. »Sie scheinen meine Nichte in den paar Tagen verhext zu haben,« sagte er finster, ...»daß sie einen Mann wie Sie...« Er brach ab und wandte sich zu Thea. »...Bedenke, Thea...« sprach er leise und eindringlich ...»...wer außer uns noch in der Heimat auf dich wartet!«

»Grüße den Hauptmann Klein recht herzlich von mir!« sagte Thea ...»...er ist ein guter Mensch ...und sag' ihm: Es wäre recht so! denn ich hätte doch nie für ihn getaugt und für euch alle nicht und eure Verhältnisse nicht. Ich bin nun einmal eine Zigeunerin und es treibt mich hinaus in die weite Welt ...und da hab' ich meinen guten Kameraden zur Seite, der mit mir geht und mich beschützt...«

»...und wenn du dich wunderst, daß das zwischen uns beiden so rasch gekommen ist, und meinst, es wäre Hexerei ...lieber Onkel ...du lebst doch soviel länger als ich auf der Welt und hast gewiß schon lange erkannt, was ich erst in diesen Tagen eingesehen hab' ...daß das Schicksal ja so unendlich viel stärker und mächtiger ist als die Menschen! Das spielt mit uns und trennt uns, ob wir wollen oder nicht, und führt die zusammen, die zueinander gehören. So hat es uns beide zusammengebracht, den da und mich, und uns aneinander geschlossen mit eisernen Klammern, daß wir nicht voneinander lassen können im Leben und im Tod! Das ist alles und ist ganz einfach! So ...und nun erzähle das den Leuten in Posen und fahre eben in Gottes Namen ohne mich dorthin zurück. Es geht nun einmal nicht anders...!«

»Das wollen wir erst mal sehen!« sagte der Major, nahm seine Mütze und schritt ohne Abschied hinaus.

Aber der Rechtsanwalt, den er zum zweitenmal aufsuchte, konnte ihm nicht helfen.

»Die Dame ist, wie Sie berichten, beinahe 22 Jahre...« sagte er achselzuckend ...»...also großjährig ...sie war als Gast in Ihrem Hause ...es liegt also kein Vertrag über Leistungen vor, der sie zur Rückkehr verpflichtet ...die Eltern sind tot ...es fällt also die Formalität des ehrerbietigen Ansuchens fort ...ja ...juristisch ist da gar nichts zu machen!«

Der Major kehrte in sein Hotel zurück und rüstete sich zur Abreise. Jetzt dem Begräbnis beizuwohnen, daran dachte er nicht. Es war nicht recht, einen Verstorbenen zu hassen – er wußte es – und er haßte ihn doch mit der ganzen Empörung des Edelmanns und Offiziers, der eine Zeit lang Tag für Tag in den sozialdemokratischen, ihm anonym zugesandten Blättern unter der Spitzmarke: »Wieder ein Edelster der Nation!« oder »Etwas vom Rückgrat des Staates« den Namen seines Vetters, des Wechselfälschers Freiherrn von Hoffäcker, gelesen hatte.

Aber erst am späten Nachmittag ging der nächste Zug nach dem Osten und eine Stunde vorher faßte ihn der Zweifel.

Wenn er es noch einmal versuchte?

Er nahm eine Droschke und fuhr in die Mauerstraße. Dort war Thea vor kurzem von der Kapelle des Krankenhauses zurückgekehrt und hatte den eilig beschafften Traueranzug angelegt. Nun hatte sie den neuerstandenen dunklen Filzhut ihres Freundes auf dem Knie und nähte einen Streifen schwarzen Krepp darum.

Beim Anblick des Majors lächelte sie traurig. Sie wußte, was für eine Ueberwindung dem strengen, alten Soldaten diese abermalige, letzte Bitte bedeutete.

In der Tür stehen bleibend, sah er sie stumm an. Und sie hielt seinen Blick ruhig aus und schüttelte stumm den Kopf.

Da ging er.

Georg zog ihre Hand an seine Lippen und preßte einen langen, inbrünstigen Kuß darauf. Dann sah er nach der Uhr.

»Es ist Zeit,« sprach er leise, ...»wir müssen uns fertig machen!«

Er griff nach seinem Hut und half ihr, die krampfhaft zu beben begann, den langen, rückwärts niederwallenden Trauerschleier anzulegen.

Dann stiegen sie Hand in Hand die Treppe hinab, um dem alten Herrn die letzte Ehre zu erweisen.

XIV.

Es ist ein ewiges Kommen und Gehen auf der Totenstraße von Berlin.

Fern im Südwesten zieht sie sich lang hin, eingesäumt von der Industrie des Todes, von Kränzehandlungen und Steinmetzwerkstätten, weiter und weiter bis zu dem Gewimmel schwarzer Holzkreuze, das rechts und links in großen Vierecken die braune Gleichförmigkeit der Erde unterbricht.

Wie aus einem entlegenen Lande trägt der Abendwind den Lärm Berlins herüber, ein undeutliches, zitterndes, bald mächtig anschwellendes, bald dumpf summendes Getöse, in dem man keinen einzelnen Laut mehr zu unterscheiden vermag. Alles wirrt sich darin zusammen, Rädergerassel und Maschinenstampfen, Menschenstimmen und Hundegebell, Dampfpfeifen der Fabriken und Trommelschlag der Truppen, Bäumerauschen und Glockenklang. Wie bitteres Klagen weht es jetzt aus diesem tausendfach wechselnden Brausen und jetzt wieder wie frohlockender Jubel, ein grimmiges Murmeln derer, die da unten hassen, ein zärtliches Flüstern, wo eins das andere liebt, verzweifelnde Flüche, helles Gelächter ... Der Wind trägt's über die Stoppeln dahin, was dort aus den unendlichen, mit dem Horizont verschwimmenden Häusermassen im ewigen, zermalmenden und zerreibenden Kampf ums Dasein jauchzend und weinend emporklingt.

Was zermalmt und zerrieben ist, das stößt die Weltstadt von sich. Ein ewiges Kommen und Gehen herrscht auf der Totenstraße von Berlin. Ein Zug nach dem andern wallen sie heran, die Opfer eines jeden Schlachttags, prunkende Karossenreihen und verweinte Arbeiterfrauen mit einem winzigen Kindersarg auf den flachen Händen, ernste, trübe Mienen in einer langsam schreitenden, mit seltsamen Zylindern bedeckten Männergruppe und verstohlenes Gähnen hinter den Scheiben der Droschke erster Klasse, eilfertig trabende, leere Leichenwagen, Geistliche mit vom Winde schiefgewehten Röcken, abgerissene, stoßweise Posaunenfanfaren ... und über alles hin, ununterbrochen und unermüdlich, von ferne das dumpfe Brausen und Weben von Berlin.

Anders als er es sich früher wohl selbst in nachdenklichen Stunden ausgemalt, hatte man den Freiherrn Raban von Hoffäcker der Erde übergeben. Kein feierliches Trauergefolge warf dem frohlaunigen Kavalier die letzten Schollen nach, kein Glöckchen klagte hoch vom Schloßgiebel um den geschiedenen Herrn, kein Echo hallte von den Türmen der Dorfkirchen im weiten Lande wider. Es fehlten die Exzellenzen vom Zivil und Militär und die Bauernburschen des Kriegervereins mit dem Prachtstück des Gutsdorfs, der kunstvoll gestickten Fahne ... die Monocles blinkten nicht in den Augen der Landräte, kein mit Orden umpanzerter, schloßgesessener Johanniter gab dem Bruder das letzte Geleit, über keines der wettergebräunten Gesichter des mit den Hoffäckers so dutzendfach vervetterten und verschwägerten Landadels lief eine verstohlene Abschiedsträne ... sie fehlten alle ... alle ... und mieden den schuldbeladenen Mann im Tode wie im Leben.

Zwei Menschen nur hatten mit gefalteten Händen vor der Gruft gestanden und auf die paar nichtssagenden Worte des Pfarrers gehört. Jetzt schritten sie langsam im Abenddämmern den Trauerweg zurück.

Sie sprachen nichts. Die Ruhe des Todes hielt sie noch umbannt. In ihnen lebte jenes feierliche Leid, vor dessen nassen Blicken die Dinge dieser Welt zusammenschrumpfen und kläglich werden allzusamt. Wozu sich sorgen? Wozu sich mühen Tag um Tag und auf und nieder in den Wechselfällen des Geschicks, wo doch das Ende so sicher, wo doch das Ende so nahe ist ... der Friede in der Erde unten, die unser Fuß so achtlos tritt und in der doch die Gerechten wie die Ungerechten gleich sorglos schlafen?

Thea blieb stehen und warf noch einen letzten Blick auf das wilde Gewimmel der schwarzen, vom Abendgold überglühten Holzkreuze.

»Unter all den fremden Menschen...« ... flüsterte sie ...»...ach ... es sind ja keine Menschen mehr ... sie waren's ... und haben's jetzt besser als wir ... aber trotzdem ... es sind so viele ... so furchtbar viele ... ich muß immer an die Kapelle denken ... in unserem Schlosse.«

»Da war die Familiengruft?«

Sie nickte ...»Papa ist der erste, der da nicht beigesetzt wird ...seit gewiß dreihundert Jahren ...so lange gehörte uns das Schloß und das Gut. Und jetzt gehen vielleicht gerade in diesem Augenblick die unbekannten Leute im Garten umher ...ich weiß ja gar nicht einmal, wer es gekauft hat ...oder sie sitzen auf der Veranda und trinken ihren Tee und lesen die Zeitung ... und unten lachen und tollen die Kinder ...und niemand kümmert sich darum, was aus uns geworden ist und ob wir irgendwo in der Welt verkommen oder nicht...«

»Ja ...sehr vernünftig finde ich die Welt gewiß nicht...« sagte Georg ...»...ich hätte sie, weiß Gott, anders gemacht. Aber ändern kann man sie nun mal nicht...«

»Aendern nicht!« Sie starrte sehnsüchtig in die Ferne ...»...aber ihr entfliehen! ...sie ist ja so häßlich! ...so gemein...«

»Die Welt ist ja überall! Da müßte man schon tot sein, um...«

Sie schmiegte sich fester an seinen Arm. »...und wenn man tot ist? Was ist denn dabei? Dann hat man's überstanden! Dann können einen die Menschen nicht mehr verfolgen und quälen, wie sie es mit dem armen Papa taten...«

»...und wie sie es mit uns tun werden!« Georgs Miene wurde finster ...»...daran ist kein Zweifel, Thea! Wir werden schwer kämpfen und leiden!«

»Und wofür?« fragte sie traurig ...»damit wir verwelken und verblühen ...und schließlich doch sterben! Ach, Georg ...ist so ein langes Leben wohl der Mühe wert...«

»Ich weiß es nicht!« sagte er kurz. Sie schauten sich stumm an. Ein unendliches, gewaltiges Sehnen schwellte ihnen beiden plötzlich die Brust. Ob das Liebe war, ob der Wunsch, zu sterben, oder die Freude am Dasein oder alles zusammen ...sie wußten es nicht. Es war etwas Geheimnisvolles ...ein unwiderstehlicher Drang, diese graue Welt ringsumher zu zerreißen, wie man einen Schleier zerreißt, der ein unbekanntes, köstlich buntes Bild birgt. Aber wo dies Bild stand, ob hier oder drüben – was es vorstellte, das Leben oder den Tod ...sie wußten es nicht.

Es war auch gleich! Nur aus dieser Niedrigkeit und Häßlichkeit heraus und zusammen fort! ... gleichviel wohin!

»Heute mittag hatte ich mehr Mut...« sagte Thea endlich ...»aber wenn ich jetzt all' die Kreuze und Grabsteine seh' ...die tausende und abertausende ...und unter jedem ruht ein Mensch ... und überall um Berlin sind Kirchhöfe und in jeder Stadt wieder neue ...ja ...was liegt dann an dir und mir ...ob zwei Menschen da sind oder nicht ...das ist ja so gleichgültig...«

»Den anderen jedenfalls!« erwiderte der kleine Sportsman ...»das interessiert nur uns beide ... und wir sind nun eben in so einer Stimmung ...das ist ja ganz begreiflich ...wenn man gerade vom Begräbnis kommt...«

Sie preßte ihren Arm fester in seinen und schüttelte leise den Kopf ...»nicht nur deswegen« flüsterte sie ...»ich glaube, es ist, weil man liebt ...Wenn man liebt, will man immer sterben ... das ist so viel reiner und besser...«

»Ach wo!«

»Doch, Georg! ...Ein Mann vielleicht nicht! ...aber wir! ...und siehst du ...so eine Sehnsucht nach dem Tode, wenn sie auch unklar ist, weist einem doch vielleicht den rechten Weg...«

Er blieb stehen. Sie sahen sich an, und ihre Herzen begannen rascher und immer rascher zu pochen.

Georg erschrak. Ihm war der Gedanke ja wahrhaftig vertraut genug geworden in diesen letzten Wochen. Er hatte damit gerungen. Seine Kameraden und Freunde hatten es ihm nahe gelegt, sein eigener Onkel ihm die Waffe in die Hand gedrückt.

Aber sie? ...Wie kam sie darauf? Mit einem stillen Entsetzen sah er in das schöne, leidvoll lächelnde Gesicht.

Freilich ...ohne ihn konnte sie nicht bleiben! Wenn er ging, nahm er sie mit. Er war ihr Schicksal.

Aber daß sie selbst es aussprach ...vor ihm davon träumte ...welch ein lockendes Grauen lag in diesem unheimlich wie ein Schattenbild auf und nieder schwebenden Gedanken ...es winkte eine Hand aus diesem Nebel ...eine geheimnisvolle Stimme raunte: »Kommt nur her! ...

fürchtet euch nicht … hier ist's gut sein … hier fühlen sich anständige Menschen wohler als auf der schmutzigen Erde! Dort mag sich ein Heinlein und Grunäus seine Mast holen … laßt sie dort grunzen und wühlen … und geht still beiseite.«

Nein! Er richtete sich straff auf und zog Thea schweigend mit sich fort.

Nein! … das hätte er früher tun können! Er hatte es nicht getan und die Leute ausgelacht, die ihn so inständig baten, sich doch auch auf französisch zu empfehlen. Er sah diese uniformierten und nichtuniformierten Herrschaften förmlich vor sich, wie sie nun beim Frühstückskaffee plötzlich die Zeitung sinken ließen und weise mit dem Kopf nickten. »Also doch! … armer Kerl! … na … wir haben's ja gewußt!«

Aber freilich … anders lag die Sache jetzt schon … romantischer … schöner …

Ein Mann, für den ein Mädchen aus reiner Liebe freiwillig mit in den Tod geht … eine schöne, makellose junge Dame aus gutem Hause … ein solcher Mann konnte doch nicht so verworfen und verächtlich sein, wie er jenen erschien.

Er würde in der Achtung aller jener steigen, die ihm die Ehre aberkannt! Er würde in ihrem Gedächtnis als ein Mensch fortleben, der mehr unglücklich als schuldig war, und ein Strahlenschein herber Tragik ihn umleuchten!

»Das ist Selbstsucht!« raunte es in ihm. Aber dann wieder: »sie selbst will es ja! … sie selbst!«

Das heißt: sie sprach davon … ein schwaches Mädchen! … Aber sie war nicht schwach! Das hatte sie ihm heute bewiesen, als sie trotz allem bei ihm blieb. Was sie sagte, das war sie auch bereit zu tun!

Wo war da der Ausweg? Ihre Gedanken verwirrten sich und verloren sich in träumende Fernen, während sie wieder in das Straßengewühl Berlins untertauchten.

Mit dem letzten eilfertigen Lärm, der dem Feierabend vorausgeht, umfing sie die Weltstadt.

Sie schritten durch die Vorstädte dahin, umbrandet vom Gewimmel des Verkehrs. Schlecht gekleidete Gestalten stießen sie auf dem Bürgersteig an, saloppe Menschen drängten sich, ohne ein Wort der Entschuldigung, an ihnen vorbei, vor den Grünkramkellern stierten alte Weiber Thea mit frecher Neugier ins Gesicht, schmutzige Kinder huschten um sie her und johlten in den Torwölbungen und düsteren Höfen, ein Schutzmann fluchte auf einen abgerissenen Kutscher, der mit seinem triefenden Mörtelfuhrwerk einen milchbeladenen Hundekarren umgestoßen hatte, der Polacke radebrechte peitschenknallend wider, die Köter kläfften, ein paar Frauen zeterten dazwischen … übler Dunst lag über der ganzen glühendheißen Straße, die ihren Staub und Rauch bei jedem Atemzug in die Lungen mitgehen ließ … ein ewiger, wüster Lärm … Pferdebahngeklingel … rauchende Schlote … ein verkrüppelter Streichholzhändler am Boden … die Töne eines verstimmten Klaviers aus der Eckdestille …

»O pfui! …« sagte Thea plötzlich und machte eine schaudernde Bewegung.

Er antwortete nicht.

»O pfui!« wiederholte sie nach einer Weile in sehnsüchtiger Klage … »… wie häßlich … wie häßlich!«

… Schau die Menschen alle an, Georg! … wie freudlos und schmutzig sehen sie alle aus … wie gemein ist das alles! … kein schönes Gesicht unter den Hunderten, die an uns vorbeigehen … kein freundlicher Laut … alles roh und wüst … wie soll man da leben! …«

Er zog sie mit sich. »Komm jetzt nur, Thea!«

»Wohin?«

»Wohin?« Er lachte bitter auf … »… auf die Redaktion des seligen »Paprika«! Das ist vorläufig unser einziger Schlupfwinkel in der weiten Welt!«

XV.

Mitternacht!

Draußen auf der Gasse regte sich nichts mehr, und auch drinnen, in dem öden, halbdunklen und halbleeren Raum, war es still.

Sie saßen einander am Tisch gegenüber und sahen sich über die flackernde Kerze hin an, zwei schweigsame, traurige Menschen...

Er hatte ihr zugeredet, sich hinzulegen. Fühlte er sich doch selbst todmüde! Aber sie schüttelte den Kopf ...»...für die paar Stunden...« meinte sie träumerisch, und ein seltsamer Ausdruck glitt über ihr blasses Gesicht.

Er stand ärgerlich auf. »Was heißt denn das ...Thea ...mit den paar Stunden...?«

»...Das mußt *du* wissen...« sie schaute zu ihm auf ...»...das hast du zu bestimmen ...nicht ich! ...ich sage dir eben nur: auf mich nimm keine Rücksicht! Ich folge dir überallhin, wohin du willst...«

Immer und immer wieder diese Lockung ...dies leise, wollüstige Grauen ...dies vorsichtige, bebende Spiel mit der Vernichtung...

Vernichtung ...das war auch nur so ein Wort. Man ging eben einfach weg! ...Wie man aus einer Gesellschaft weg geht, die einem nicht paßt! Dazu brauchte man keine Sentimentalität ... keinen Zorn ...keine Verbitterung und Aufregung ...nichts! Das ließ sich in aller Ruhe erledigen! Man schrieb einfach einen Zettel an Heerwaldt oder Hanitz oder sonst einen guten Kameraden in der Garnison: »Ich und meine liebe Freundin Thea – wir haben gefunden, daß die Welt für Menschen ohne Geld eine ganz fabelhaft unanständige Einrichtung ist. Darum entfernen wir uns in aller Stille und raten euch nur: Unterschreibt keine Ehrenscheine und habt keine Wechselfälscher zu Vätern. Sonst kriegt euch der alte, ehrliche Heinlein beim Wickel und jagt euch mit seiner Meute über Stock und Stein ...und ihr könnt...«

»...Schließlich...« sagte Thea, ganz plötzlich, seine Gedanken unterbrechend und wie zu sich selbst ...»...ein bißchen Angst ...ein bißchen Schmerzen ...das ist doch nicht so schlimm ... Das geht ja schnell vorbei...« sie starrte mit großen Augen in das Kerzenlicht ...»...Papa hat es doch gewiß jetzt weit besser als wie er lebte...«

Natürlich ...sie hatte wieder dasselbe gedacht wie er. Ihre scheuen Blicke kreuzten sich über der Flamme. Es war doch wirklich entsetzlich, daß man von diesem Gedanken nicht los kam! Einer warf ihn immer wieder dem andern zu. Hatte man ihn aus dem eigenen Kopf verdrängt, so huschte er behende über den Tisch in das Hirn des Gegenübers und kam unversehens von dort wieder zurück.

Georg, der die Zeit über unruhig durch das Zimmer geschritten, blieb vor Thea stehen und beugte sich hinab. »Thea!« sprach er gedämpft »...wir müssen aus dieser Kirchhof-Stimmung heraus! Es ist die höchste Zeit. Sonst gibt's ein Unglück!«

»Ja.« Sie neigte das Haupt ...»...wir wollen es versuchen!«

»Na also...« Er setzte sich ihr wieder gegenüber und zwang sich zu einem sorglosen Lächeln. »...dann überlegen wir also jetzt einmal, was in Zukunft werden soll. Erste Frage: Wo gehen wir hin?«

»Wir müssen in Berlin bleiben!« sagte Thea ...»Wir haben ja kein Geld, anderswohin zu fahren!«

»Schön! Zweite Frage: Bleiben wir in dieser Wohnung?«

»Sie gehört ja nicht uns!« sagte Thea ...»...und bezahlt ist sie für das letzte Quartal auch noch nicht. Frau Kautz meint, daß der Hauswirt morgen kommt und sie an irgend jemand vermietet...«

»Gut! Dann nehmen wir uns also eine andere Wohnung!«

»Wir haben ja keine Möbel!« sagte Thea. »In den leeren Zimmern können wir doch nicht hausen.«

»Also nehmen wir möblierte Zimmer!« stieß Georg ärgerlich hervor.

»Wir sind doch nicht verheiratet...« sagte Thea ...»...das paßt sich für mich nicht und ich glaube nicht, daß man in einem anständigen Hause uns beide aufnimmt! Und zusammen wollen wir doch bleiben, Georg!«

»Dann ziehen wir also ins Hotel ... Tür an Türe!«

»Da wird unser bißchen Geld bald alle werden!« sagte Thea traurig.

Er stand zornig auf. »Ach was! ... ich werde arbeiten!«

»Ja ...wenn du nur Arbeit findest...« sagte Thea ...»...ich will ja auch arbeiten, soviel ich kann ...aber ich fürchte ...es ist schwer!«

Mehr als schwer! Beinahe unmöglich! Georg sah es wohl ein. Aber er sprach es nicht aus.

»Es muß gehen!« entschied er mit unsicherer Stimme ...»...irgend eine Brotstelle gibt es sicherlich. Und dann mieten wir uns eine kleine, billige Wohnung und kaufen Möbel auf Abzahlung und ...«

Er brach jäh ab. So sehr erschreckte ihn selbst der Gedanke. Sie beide, die hochmütigen Aristokraten, in einem Hinterhaus, mit der Aussicht auf einen schmutzigen Hof, in Stube und Kammer eingepfercht, um sie herum kleine armselige Existenzen, vielleicht ein Schutzmann mit Familie auf dem Nebenflur, ein Monteur oder so etwas über ihnen, unter ihnen der Vizewirt, ein grobknochiger, polternder Kerl – und über alles hin aus Winkelküchen und dunklen Schlafzimmern der abscheuliche Armeleutgeruch, der Dunst von Niedrigkeit und Gemeinheit ...o pfui! ... Es fiel ihm ein, wie energisch schon am Abend Thea dies »o pfui!« herausgestoßen hatte.

Und Thea selbst! Das feine, zarte Geschöpf in der Wirtschaft hantierend ...womöglich ohne Dienstmädchen ...natürlich ohne Dienstmädchen! Wo sollte man es denn hernehmen? – ...sie, die geborene Freiin von Hoffäcker, etwa mit den Weibern des Hinterhauses über die Benutzung der Waschküche verhandelnd oder eigenhändig, wenn die Reihe an ihr war, den Treppenflur scheuernd – das war ja undenkbar, das war ja einfach lächerlich!

Und ein anderes Heim als das konnte er ihr für den Anfang wenigstens nicht bieten. Soviel hatte er von Berlin jetzt schon gesehen. Es war schon ein großes Glück, wenn er auch nur einen solchen bescheidenen Broterwerb in absehbarer Zeit finden konnte.

Wenigstens wenn er auf ehrliche Weise sein Brot erwerben wollte! Und dann waren noch Heinlein und seine Spießgesellen hinter ihm her, bis ihn vielleicht die bittere Not dazu trieb, bei einem andern Heinlein und seiner Horde Unterschlupf zu suchen. Und stak man erst wirklich in diesem Schlamme fest, dann ließ jeder Versuch, sich herauszuarbeiten, einen noch tiefer sinken! Dann endete man schließlich wie der alte Herr, der noch vor kurzem an diesem Tische hier den »Paprika« redigiert hatte!

»Vor der Not fürcht' ich mich nicht!« sagte Thea, den blassen Kopf erhebend ...»...die Not ist etwas Großes ...etwas Furchtbares ...Ich will gern hungern, wenn es sein muß, und arbeiten, daß mir das Blut unter den Nägeln hervorkommt ...und auch die Armut fürcht' ich nicht ... die eigentliche Armut ...Aber das, was damit zusammenhängt...« Georg fühlte instinktiv, daß sie wieder dasselbe gedacht hatte wie er ...»...all die Niedrigkeit und Erbärmlichkeit und der Schmutz ...ach ...der Schmutz ...ich glaube ...der ist da überall und in jedem Sinn! Man muß sich vor verächtlichen Leuten bücken ...man muß sich von anderen verächtlichen Leuten als seinesgleichen behandeln lassen ...«

»Und ob!« murmelte Georg.

»...kurz ...eben alles, wie wir es jetzt bei Papa gesehen haben!« fuhr Thea fort ...»...was war er früher für ein stolzer, herrischer Mann ...und nun zuletzt ...du warst nicht dabei, aber ich, wie er sich hat von einem Zigarrenhändler auf die Schulter klopfen lassen und fünfundzwanzig Stück Havannas schenken lassen ...und wie er einem Kellner die Hand geschüttelt hat. Das kommt mir schrecklicher vor, als daß man im Gefängnis sitzt.«

Georg seufzte. »Mir auch, Thea!«

Sie war aufgestanden und trat bang vor ihn. »Wenn es uns nun auch so ginge, Georg!« flüsterte sie verstört ...»...jetzt sind wir noch freie, stolze Menschen! Aber wie wird es in ein paar Jahren ausschauen? Dann hat uns vielleicht das Leben ganz geknickt, und wir sind klein und niedrig geworden und betteln herum und machen uns verächtlich, bloß um noch ein bißchen weiter leben zu dürfen. Denn dann hängt man ja gerade daran ... wie der arme Papa ... wenn es gar keinen Wert mehr hat ...«

Er fuhr auf und suchte mit den Blicken nach Hut und Stock ...»...So komm!« raunte er kurz und drohend.

Da merkte er doch, daß sie zurückschauderte. Sie schaute auf die Gasse hinab und schüttelte dann den Kopf. »Jetzt nicht ... jetzt ist's finster und häßlich draußen. Da geh' ich nicht aus dem Hause. Da hab' ich nicht den Mut dazu. Erst wenn die Sonne scheint und alles freundlich ist ...«

Er setzte sich wieder. »Siehst du wohl ...« meinte er nachdenklich ...»...das ist so eine Sache! ... ich kenne das ... Im letzten Augenblick zupft einen immer so etwas am Rockärmel und hält einen zurück!«

Aber das glaubte ihm Thea nicht.

»Morgen ist noch ein langer Tag ...« sagte sie sehnsüchtig ...»...und meinetwegen sorg' dich nicht! ... ich mach' die Augen zu und geh' mit dir!«

Dann schwiegen beide. Zwischen ihnen flackerte das Licht unstät hin und her und plötzlich erlosch es.

»Da sitzen wir nun im Dunkeln!« Georg suchte in der Tasche ...»...und Streichhölzer hab' ich auch nicht mehr, daß man eine neue Kerze ...«

»Es ist keine mehr da!« tönte ihm gegenüber die helle Stimme aus der Finsternis ...»...das war das letzte Stümpfchen!«

»Also Dunkelarrest!« Der Herrenreiter war halb ärgerlich, halb belustigt ...»...ein Glück, daß ich da bin! Sonst würde sich das arme, kleine Mädchen da drüben jetzt zu Tode fürchten ...«

»Ja ... aber so ...« ihre Stimme klang weich und zärtlich ...»...so ist's recht schön! ... so heimlich ... jetzt kann man träumen ...«

»Taste dich lieber in dein Zimmer hinüber,« sagte Georg ...»...und schlaf ein bißchen!«

Aber er vernahm kein Rücken des Stuhls gegenüber.

»Ich bleibe hier ...« sprach sie nach einer Weile müde ...»...wir wollen hier beisammen sitzen und warten, bis die Sonne wieder aufgeht ... wie die verirrten Kinder im Märchen ...«

»Recht ausgewachsene Kinder ...« meinte der Sportsman.

»Ach ...« durch ihre Worte tönte es wie ein mattes Lächeln ...»...ich glaube, für dies böse Berlin da draußen sind wir beide doch noch halbe Kinder ... du auch, trotz all deiner dummen Streiche – schlechte hast du ja nicht gemacht ... sonst wär' ich nicht bei dir! Du weißt auch noch nicht viel vom Leben und der eigentlichen Welt ... die lernt man im Kasino nicht kennen ...«

»Ja ... darin hast du schon recht!«

»Nun also ...« sagte sie schläfrig ...»...und verirrt sind wir doch auch ... gründlich verirrt, daß wir nicht aus noch ein mehr wissen. Wie zwei Schiffbrüchige sitzen wir da auf einer wüsten Insel ...«

Er erwiderte nichts. Er hoffte, daß sie nun einschlafen würde.

Eine Weile war es still. Dann hörte er durch das Dunkel ein paar schwere Atemzüge, denen langsam in langen Pausen andere folgten.

Gott sei Dank ... sie schlief!

Und auch ihm fielen die Augen zu. So wie sie es wohl auch getan, legte er die Arme auf die Tischplatte, den Kopf darauf ... und bald war er drüben bei ihr im Reich der Träume.

Nach drei, vier Stunden wachte er auf. Die unbequeme Lage verscheuchte den allmählich leiser werdenden Schlummer. Die Arme waren steif wie Hölzer, der Rücken schmerzte, der Kopf war wüst und schwer.

Er gähnte und sah verstört um sich.

Der erste Morgen dämmerte und erfüllte das Gemach mit seinem fahlen Schein. So sah der unwirtliche Raum doppelt trostlos aus, in diesem Licht, das keine Farbe und keinen Schatten hatte und das gleiche, eintönige Grau über Tisch und Stühle, über die zerknitterten Zeitungen am Boden und die schiefgenagelten Bilder an den Wänden warf.

Er wollte aufstehen. Da klirrte es neben ihm. Die große Redaktionsschere, an die er unversehens angestoßen, polterte auf die Dielen nieder.

Er biß sich zornig auf die Lippen. Aber nun war das Unglück geschehen! Es bewegte sich das schwarze Lockengewirr, das, von zwei schmalen, weißen Händen umrahmt, ihm gegenüber auf dem staubigen Tisch lag, und langsam richtete sich ihr blasser Kopf empor.

Nach einer Weile begriff Thea, wo sie sich befand.

Sie stand auf und dehnte den schlanken Leib.

»Hier ist's trostlos!« sagte sie leise ...»...ich hab' mich auf den Morgen gefreut. Aber sieh nur, wie grau und öde alles ist! ...Ich kann es nicht mehr sehen. Ich will fort von hier ...jetzt gleich...«

»Wohin denn, Thea?«

Sie war ans Fenster getreten und schaute zu dem Himmel auf, der blaßblau über der menschenleeren Gasse schimmerte.

»Es wird heute ein wunderschöner Sommertag...« meinte sie ...»...wenn wir den da draußen verleben könnten, Georg ... irgendwo in Wald und Flur ...und an einem großen See ...es gibt ja welche bei Berlin ...da bringen wir den Tag so hin und essen in irgend einem freundlichen kleinen Wirtshaus ...und legen uns dann ins Gras und denken, wenn die Wolken so über uns hinziehen, das wäre alles ein böser Traum gewesen ...und wir hätten ein Rittergut und Geld in Hülle und Fülle und brauchten uns um die Zukunft nicht zu kümmern.«

»Schön wär' das schon!« sagte Georg ...»...nur ...wenn wir abends nach Berlin zurückfahren, haben wir kein Rittergut und blutwenig Geld, dafür aber einen ganzen Tag verloren...«

»...Ja ...*wenn* wir nach Berlin zurückkehren...« sie sprach das stockend und bang, und ihrer beiden Augen trafen sich plötzlich wieder in jäh aufleuchtendem Schrecken.

Das meinte sie also! Darum sprach sie von dem großen See?

»Warum willst du denn aber gerade an einen See?« fragte er.

Thea blieb ganz ruhig. »Ich denke es mir so...« sagte sie langsam ...»...wenn wir so einen recht schönen, goldenen Tag da draußen verbracht haben, dann wundert es niemanden, daß so ein Pärchen wie wir einen Kahn mietet und spazieren fährt ...gegen Abend, wenn es nicht mehr so heiß ist und die Sonne allmählich untersinkt und alles dämmerig wird ...und du ruderst eben weiter und immer weiter hinaus und läßt endlich die Ruder sinken ...und wenn du dann einen Strick oder sonst etwas um uns legst, daß wir beisammen bleiben, dann will ich die Augen zumachen und nur noch ein Vaterunser sprechen ...und dann ist's gut...«

»...Und das leere Boot wird irgendwo ans Ufer getrieben!« ergänzte Georg finster.

Sie sah ihn erwartungsvoll an.

»Wollen wir gehen?«

Er nickte.

»Gehen wir! Wir haben ja noch einen langen Tag Zeit, es uns zu überlegen!«

XVI

Welch seltsamer Anblick: die Linden, die sie langsam hinaufschritten, waren fast völlig menschenleer! Wie ausgestorben lag die breite Prunkstraße im fahlen Morgenschimmer da. Man mußte schon genau zusehen, um da und dort vor einem Juwelierladen eine pelzvermummte Gestalt im Halbschlaf kauernd oder in weiter Ferne die Helmspitze eines gähnenden Schutzmanns zu schauen. Und Totenstille ringsumher. Unheimlich hallten ihre Schritte an den hohen, schweigenden Häuserfronten wider, daß sie den Kopf scheu zur Seite wandten und über die graue Straßenfläche hinstarrten, aus deren Nebel sich die buntbeklexten Litfaßsäulen so grotesk abzeichneten.

Es war wirklich unheimlich, auf dieser lautlosen, reglosen Straße dahinzuwandern und nichts zu hören als das monotone Klappen seiner Stiefelabsätze und den eigenen, schweren Atem, nichts zu sehen als still ragende Mauern, still sich wölbende Bäume und leere Bänke darunter.

Gott sei Dank ... da kamen ihnen ein paar Menschen entgegen. Sie atmeten förmlich auf.

Zwei Studenten, magere, bebrillte Rauhbeine, die sich offenbar als junge Wüstlinge vorkamen, weil sie sich die Nacht in irgendeinem Café um die Ohren geschlagen hatten und nun stolz und verkatert zugleich ihrer Bude zustrebten.

Und dann lange wieder niemand. Sie waren schon fast am Opernhaus, als wieder ein Passant auftauchte, ein jüngerer, fröstelnd in seinen kurzen Sportpaletot gehüllter Herr, der eilfertig, nur einmal rasch nach einem fernen Hause zurückblickend, dahinschritt. Ein nachdenkliches Lächeln lag auf seinem hübschen, müden Gesicht, während er sich den Kragen des Ueberziehers hochklappte. Er schien, mehr als die Studenten vorhin, Grund zu haben, mit den Ereignissen dieser Nacht zufrieden zu sein.

Erst auf der Kaiser-Wilhelm-Brücke hörten sie dann wieder rasche Schritte sich nähern. Ein kleiner, dürftig aussehender Mensch mit einem Musterköfferchen in der Hand. Er trabte eilfertig, auf seine Uhr sehend – wahrscheinlich, um den Zug nicht zu versäumen. Der mußte also schon wieder an sein Tagwerk, wo die vor ihm schläfrig nach Hause trotteten ... um fünf Uhr morgens an sein Tagwerk ... und seltsam: er sah dabei ganz vergnügt aus!

Unwillkürlich blieben sie stehen und schauten dem im Laufschritt die leeren Linden dahinstürmenden Kleinen nach. »Dummer Kerl ...« murmelte Georg finster ...»Gott weiß, für wen der sich nun wieder abschuftet! ... wird wohl auch so ein Heinlein sein, der um zehn Uhr mittags aus den Federn kriecht ...«

»Heinlein steht heute wohl überhaupt nicht auf!« meinte Thea nachdenklich. Sie starrte auf die Spree hinunter, die träge unter der Brückenwölbung dahinkroch. Welch ein abscheuliches Wasser! ... tiefschwarz, da in öligen Spiegeln schimmernd, dort vom Unrat der Straße überstäubt, Orangenschalen, Holzstücke, Zeitungsfetzen, eine tote Katze langsam in der schleichenden Flut mittreibend ... Ein ekelndes Grausen überfiel sie und sie hob die Augen rasch in die Höhe.

Da spannte sich, mit dem Steigen des Tages in immer tieferem und tieferem Blau aufleuchtend, der reine Sommerhimmel. Die ersten Strahlen der Frühsonne übergossen die weiten Zinnen des düsteren, altersgrauen Hohenzollernschlosses mit lichtem Rot und eine freundliche, belebende Wärme zitterte von ihr hernieder auf die einsamen Straßen unten und die beiden einsamen Menschen.

»Gott sei Dank ... endlich die Sonne ...« der Freund berührte Thea leicht am Arm. »Komm' ... wir wollen weitergehen!«

Ihre Stimme klang schwankend. »Weißt du denn eigentlich den Weg, Georg?«

»Wir wollen doch nur irgendwohin ins Freie ...« sagte der Herrenreiter ...»...aus Berlin heraus ... und ich erinnere mich: in der Nähe von Karlshorst ist ein Anlegeplatz für Dampfer. Also dort gibt es jedenfalls Seen und Wälder und ein kleines Wirtshaus – was wir eben suchen ...«

Sie wies mit der Hand vor sich in die Ferne. »Und das liegt dort im Osten?«

Er nickte. »Gerade der Sonne entgegen! Da können wir schließlich nicht fehlen! ... aber wahrscheinlich ist es ein weiter Weg. Es ist besser ... ich suche irgendwo einen Wagen aufzutreiben!«

»...nein ...nein, tu das nicht...« sprach sie hastig ...»...wir wollen zusammen gehen ...das ist schöner...«

»...der Sonne entgegen ...sagst du...« hub sie nach kurzer Pause wieder an, während sie beide über die Brücke dahingingen ...»...ist das nicht seltsam, Georg ...daß man der Sonne entgegengeht, wenn man doch gerade von ihr Abschied nehmen will...?«

Er erwiderte nichts.

Und plötzlich fielen ihr seine Worte von vorhin ein: »Wir haben ja noch einen ganzen langen Tag Zeit, es uns zu überlegen!«

Jawohl ...den ganzen herrlichen Sommertag hatte man vor sich. Das war doch eigentlich sehr beruhigend. Da stand man doch nicht so unmittelbar vor diesem Entschluß. Er lag noch in weiter Ferne.

Und inzwischen veränderte die Sonne die Dinge ringsumher, die in der Nacht so traurig und drohend ausgeschaut, und vergoldete sie, daß sie ein ganz anderes Aussehen gewannen. Da wurde vielleicht überhaupt alles anders! Da fand man doch noch vielleicht einen Ausweg, oder es kam einem eine Erkenntnis, an die man gar nicht gedacht!

»Ich bin gespannt, was wir heute noch erleben!« sagte Thea und schritt rascher an Georgs Arme in das Zentrum von Berlin.

»Was ist das eigentlich für eine Gegend?« fragte sie nach einer Weile und deutete auf die Häuser der Kaiser-Wilhelmstraße.

Georg machte ein zweifelndes Gesicht ...»...ich kenne sie nicht...« meinte er ...»...für gewöhnlich hört einem ja mit den Linden und dem Schloß die Welt auf! Es wird wohl so ein Geschäftsviertel sein...«

»...wo die arbeitenden Leute wohnen?«

»Ja...ich glaube...in die Stadtteile kommen wir jetzt allmählich hinein. Die liegen, wenn ich mich recht erinnere, im Norden und Osten von Berlin...«

Und in der Tat ...schon zeigten sich da und dort vereinzelte Gestalten, die mit fröstelnd hochgezogenen Schultern und in den Taschen vergrabenen Händen das klappernde Blechgeschirr unter dem Arm, ohne viel rechts und links zu sehen, ihren Werkstätten zustrebten.

»...schau die armen Teufel« sagte Thea ...»...die haben's besser als wir! Die könnte man beneiden! ... Sie können arbeiten...«

...»...und wollen arbeiten!« ergänzte Georg finster ...»...wir wollen ja nicht arbeiten! ...wir sind ja zu zimperlich dazu. Wir ekeln uns ...nicht vor der Arbeit selbst ...aber vor dem Schweiß und dem Schmutz und dem Lärm ...wir sind so die rechten Treibhauspflanzen aus dem Salon, die zu nichts Ernsthaftem taugen...«

Sie blieben unschlüssig stehen. Die Straße war zu Ende, die Richtung nach Osten durch Häuserreihen versperrt. Man mußte rechts oder links ausbiegen.

Also rechts! Hinein in das Gassengewirr, aus dem immer mannigfaltiger und lauter das Durcheinander des erwachenden Lebens klang. Das Rasseln von Fuhrwerken, das Pfeifen der Bäckerjungen, das Kläffen der Ziehhunde, die schweren Tritte der zur Arbeit gehenden Männer schlugen an ihr Ohr, während sie immer tiefer in die engen, winkligen Quartiere eindrangen.

Das waren nicht mehr die schnurgeraden, wohlgepflegten Straßenlinien des Westens! Hier drängten sich die Gassen ineinander und durcheinander, in seltsamen Windungen, wie sich einer jeden gerade das beste Fortkommen bot. Und aus ihren verwetterten, schmutzigen Häusern quoll es immer dichter hervor und flutete in dunklen Strömen aus den Türen der Mietskasernen über die Bürgersteige dahin, Massen von Armen, von Mühsamen und Beladenen, die, als etwas Selbstverständliches, heute von neuem, zum hundertsten und tausendsten Mal den Kampf mit ihrer Erbfeindin, der grauen Not, begannen. Stumpfe Ergebung lag auf den meisten Gesichtern und müde Ruhe. Sie hatten so oft schon diesen Kampf durchgekämpft, so oft schon nach schwerem Tagewerk die Feierabendglocke läuten hören, sie hatten so oft schon gedarbt und gehungert und sich doch durchgeschlagen ...sie würden auch heute durchkommen und morgen und die nächsten Jahre.

»Wir wollen rascher gehen!« sagte Thea beklommen ...»...die Leute sehen uns alle so an... ich weiß nicht...«

Freilich ...um diese Stunde ein gigerlhaft gekleideter Sportsman und eine elegante junge Dame in den Gassen Altberlins ...das fiel auf. Neugierige Blicke, umgedrehte Köpfe...da ein roher Witz aus einer Gruppe kalkbespritzter, in ihren Holzschuhen klappernder Maurer ...ein wieherndes Gelächter ...sie verstanden den gemeinen Berliner Jargon nicht ...aber sie machten, daß sie weiter kamen.

Wäre man nur erst heraus! Aber das nahm kein Ende! Immer neue Straßen und Plätze und Gäßchen und immer neue Mengen von dunklen, zum Fronwerk pilgernden Gestalten.

Sie wußten die Richtung gar nicht mehr. »Das ist wie in einem Irrgarten!« klagte Thea... »...wir wollen hinaus ins Grüne und unter blauen Himmel...und dies graue Arbeiterviertel mit seinem Rauch und Lärm läßt uns nicht los! Wir sind wie gefangen in diesem Gewirr von häßlichen Häusern!«

Georg drehte mit ihr um. »Wir wollen uns nach links wenden!« riet er ...»...dann müssen wir die Richtung wiederbekommen.«

Sie eilten durch immer neue Gassen dahin, in denen sich Laden um Laden öffnete, in denen man fegte und kehrte, emsig die Geschäftsräume scheuerte und alles zurechtmachte für den kommenden langen Tag. Wie zwei Flüchtlinge erschienen sie sich selbst in ihrer scheuen Hast, wie zwei ratlose Menschen, die nicht mehr wußten, wo aus diesem emsigen Wirren und Treiben heraus der Weg zum süßen Nichtstun, zu dem geheimnisvollen Nichts führte.

Hier kümmerte sich keiner um das Nichts, hier dachte keiner daran, wehmütig dem Dasein Adieu zu sagen! Hier lebte man und rang zäh und grimmig um sein bißchen Leben. In gewaltigem Donnern und Dröhnen umhallte jetzt, auf der großen Verkehrsader, in die sie ihre Flucht getrieben, der Berliner Arbeitstag das verstörte Paar. Klingelnde Pferdebahnwagen, menschenwimmelnde Omnibusse, schwer knarrendes Fuhrwerk und leichte Handwagen auf dem Fahrdamm, ein Getümmel und Gehaste von tätigen Menschen auf den Bürgersteigen daneben, ein Fluten und Brausen, das betäubend auf ihre übermüdeten Sinne wirkte.

Auch die Häuser hatten sich belebt. Es klangen die Schellen an den Ladentüren und aus den Höfen der Lärm des Handwerks. Da fiel durch die schmutzigen Fenster der Kartonnagefabrik der Sonnenschein auf lange Reihen junger Mädchen, die mit vorgebeugtem Oberkörper an den Tischen hantierten, dort zeichneten sich durch die Scheiben des Kontors die schreibenden und rechnenden Gestalten und im Nebenraum der diktierend auf und nieder schreitende Fabrikdirektor ab.

Und die Fabriken selbst begannen, noch mit gähnend klaffenden Toren, zu brummen und zu stampfen. Es kam Leben in die kleinste Werkstatt wie in die mächtigen Maschinensäle. Wie sich da die Räder drehten und die Riemen glitten und in schwarzen Wolken der Dampf dem Schornstein entstieg, so hallte dort der Hammerschlag in das Pfeifen und Schrillen des Hobels und sprühten die Essen, und gewaltig, sich tausendfach mischend und immer stärker anschwellend klang es im Lärm der Arbeit über das Meer der Giebel und Dächer empor: »Unser täglich Brot gib uns heute!«

Berlin war erwacht. Wie ein Riese reckte es seine Glieder und machte sich in lachender Jugendkraft an einen neuen Tag. Ein Abglanz dieser frohen Schaffenslust schien im Licht des Sommermorgens alles umher zu vergolden, die im Grollen der Dampfkessel, dem rastlosen Pochen des Handwerks zitternden Häuser, die langen, einförmigen und doch so belebten Straßen und die Menschen selbst, graues Volk in grauem Gewande, das in immer neuen Wogen, in Tausenden und Zehntausenden das einsame Paar umbrandete. »Wir alle leben!« schien es aus diesen farblosen, eilfertig sich dahinwälzenden Wellen zu mahnen...»wir alle leiden und trotzen doch dem Geschick! Ein Feigling, wer beiseite geht, solange sich noch seine Faust ballen und sein Mund noch das Geheimnis aussprechen kann, das große Geheimnis: Ich will!«

Ich will! ...das Zauberwort, vor dem das Schicksal selbst sich beugt – vor dem die Sorge selbst mählich ihre grauen Schleier zusammenrafft und unhörbar aus dem Zimmer gleitet...vor dem die grimme Not zähnefletschend und knurrend wie ein böses Raubtier beiseite schleicht...

Und weiter und weiter schritten sie. Sie bogen in Nebengassen und kehrten zurück und schlugen einen andern Weg ein, und nirgends nahm Berlin ein Ende und nirgends erlahmte sein rastloser Pulsschlag!

Da blieben sie endlich stehen und sahen sich stumm an.

Wie seltsam! Sie suchten den Tod und gerieten immer tiefer in die Welt der Arbeit hinein! Und kamen sich klein und lächerlich vor, zwei schlaffe Müßiggänger zwischen unzähligen Menschen, die unverzagt mit Kopf und Händen für sich und die Ihren stritten.

»Bitte die Herrschaften weiterzugehen!« sagte neben ihnen ein Schutzmann ...»Sie hindern den Verkehr!«

Sie traten beiseite, in ein stilleres Nebengäßchen. Natürlich ... sie waren hier ein Hindernis, eine Last! Leute, die Maulaffen feil haben und sich gegenseitig ihr Leid klagen, die konnte man hier nicht brauchen.

Das Gäßchen mündete auf die Spree.

Finster und träge schlich das Wasser dahin und auf seinem erblindeten Spiegel, in seinen trüben Fluten schwamm der Kehricht, der wertlose Abfall der Weltstadt.

Vielleicht gehörten auch Menschen zu diesem Abfall und trieben unsichtbar unter der Oberfläche vorüber. Sollte man sich zu ihnen gesellen, den entsetzlichen, sich langsam auflösenden Körpern ... oder zu dem unverzagten Geschlecht, das da um sie her im Sonnenscheine streitet und lärmt, im Abenddämmern lacht und liebt...?

Wieder sahen sie sich an, und es fiel ihnen wie Schuppen von den Augen.

»Thea ... du dummes, kleines Mädchen!« sagte Georg vorwurfsvoll und legte den Arm um sie ...»...merkst du nun, was du für Unheil angestiftet hast? Ganz wirblig hast du mich im Kopf gemacht, daß ein Kerl wie ich auf so eine Idee kommen konnt'! ... ist ja Unsinn ... kompletter Unsinn...«

»...ja ... das kann schon sein, Georg...« Thea schaute aus großen Augen zu ihm auf ...»wenn man alle die vielen Menschen sieht, denen es so schlecht geht und die doch nicht verzweifeln...«

»...und wir dagegen, denen es so gut geht! ...denn erstens lieben wir uns ... und zweitens sind wir jung, gesund und stark ...wir sollten ...oh, Thea, Thea ...es bleibt dabei: du bist ein dummes, kleines Mädchen und wirst in Zukunft überhaupt nicht gefragt! Sondern du tust einfach, was ich will, und gehst mit mir! Und mußt dich mit dem Aennchen von Tharau trösten ...weißt du .. wo's im Volkslied heißt: ›;...ich will dir folgen durch Länder und Meer! – Eisen und Kerker und feindliches Heer...‹

»Ach, Georg ... ich folgte dir gerne!« Thea schüttelte traurig den blassen Kopf ...»...aber wir können ja nicht aus Berlin heraus!«

»Und ob wir können!« Georg faßte mit energischem Griff ihre Hand ...»natürlich können wir! Jetzt weiß ich's! ...komm' mit!«

»Wohin denn?«

»In die Jägerstraße! Dort lebt ein vortrefflicher alter Herr, der mir mit Vergnügen das Reisegeld nach Amerika gibt. Und da es ohnedies seit acht Tagen der dringende Wunsch sämtlicher Zeitgenossen ist, mich bis auf weiteres jenseits des großen Wassers zu wissen, so willfahren wir dem allgemeinen Verlangen! Thea ...mach' dich auf die Seekrankheit gefaßt. – und Sie, Kutscher...« ...er winkte einer Droschke ...»...zeigen Sie einmal, daß Sie Ehrgeiz besitzen, und befördern Sie uns in der denkbar kürzesten Zeit nach Berlin W. zurück!«

Wohl eine Stunde hatten die Kommis des Bankhauses Zeit, die junge Dame zu beobachten, die auf der anderen Seite der Straße, den Kopf zu Boden gerichtet, mit zusammengepreßten Lippen wartend auf und nieder schritt. Dann kam Georg zurück.

Sie eilte ihm entgegen. »Wie ist's!« rief sie bang.

»Gott!« sprach Georg, leichtsinnig und verwegen lächelnd...» ...ich sag' dir ja: mit dem alten Herrn kann man reden. Anfangs ließ er mich ziemlich lange warten und empfing mich mit hochgezogenen Augenbrauen ...weißt du ...so eine stumme Frage: ›;Wirklich schon auf, Herr Textor? ...Am zehn Uhr morgens? Und was wünschen Sie wieder von mir?‹ Na ... ich ließ mich nun nicht verblüffen...«

»...das glaub' ich!« seufzte Thea.

»...sondern erzählte ihm so zur Einleitung einiges, wie mir's die Woche über gegangen und so weiter. Da auf einmal unterbricht er mich ...du ...und weißt du, was der unverschämte alte Herr mir da sagt: ›;Sie machen heute einen bedeutend günstigeren Eindruck auf mich, Herr Textor, als vor acht Tagen«...

»...ja ...auf mich auch!« meinte Thea.

»...»damals«, fährt er fort...»...sahen Sie – entschuldigen Sie meine Offenheit – einem etwas deprimierten Windhund ähnlicher als einem ernsthaften Menschen, heute bemerke ich an Ihnen mit Vergnügen Energie und Arbeitslust! Woher kommt das?« ...na ...und da« ...der kleine Sportsman machte ein tiefsinniges Gesicht ...»da dacht' ich bei mir: »Offen muß der Mensch gegen seine Wohltäter sein!« und sagte: »Herr Geheimrat ...das kommt von der Liebe! ...die hat einen andern Menschen aus mir gemacht und wird mich hoffentlich in Zukunft noch mehr bessern!«

»...und da hast du ihm alles erzählt ...das zwischen uns? fragte Thea entsetzt ...»...Dann muß er ja ganz böse geworden sein!«

»Nee ...gar nicht!« Georg lachte vergnügt ...Eine Weile überlegte er, und dann meinte er: »...an sich ist Ihr Heiratsprojekt natürlich ein Unsinn, Herr Textor! Aber ich bilde mir andererseits ein, ein bißchen Menschenkenntnis zu besitzen, und die sagt mir in diesem Fall das Gegenteil. Es steckt noch ein tüchtiger Kern in Ihnen, und daß der sich entwickelt, das mögen gerade Sie am ersten erreichen, wenn Sie ernst und wirklich lieben. Denn das ist das beste, was einem Mann geschehen kann, und holt das Beste aus ihm heraus. Ich hab' es selbst an mir erfahren!«...

»Gott sei Dank!« flüsterte Thea.

Ihr Freund klopfte sich vergnügt auf die Brusttasche. »Die Billette krieg' ich erst heute abend! Aber hier hab' ich Briefe...Empfehlungsbriefe an Yankees, die im wilden Westen Eisenbahnen bauen und große Territorien besitzen. »Ich habe meinen Geschäftsfreunden geschrieben«, sagte der komische, alte Herr zu mir, »daß Sie ein Mensch sind, den man zwischen vier Wänden rein zu gar nichts gebrauchen kann, sondern unter freiem Himmel und zu Pferde. Dort gibt es derlei Beschäftigungen, wo der Kulturmensch mit der Wildnis kämpft und mit Zähigkeit und frischem Mut weiter kommt als mit allem Stubenwissen ...und wo ein Mann auch ohne Anfangskapital zu Wohlstand kommen kann...« ...na ...ich seh' uns schon als Millionenprotzen auf unsere alten Tage nach Deutschland zurückkehren...« schloß Georg hoffnungsvoll ... »...denn das tun wir natürlich und bis dahin werden sie wohl dem armen, seligen Textor seine Sünden verziehen haben! Aber vorläufig heißt's: »go on!« In fünf Tagen schiffen wir uns in Hamburg ein!«

»In fünf Tagen?«

Er verstand ihren Blick. »Thea!« sprach er ...»...ich muß es wiederholen: du bist heute nicht so klug wie sonst! Sonst wüßtest du, daß wir beide unsere Legitimationspapiere mit uns führen, und daß, wenn wir damit nach Hamburg kommen, recht oft ein komfortabler Dampfer nach Amerika fährt. Wenn wir aber an England vorbeifahren wollen – Du, dann machen wir erst eine kleine Tour nach London und nach – Gretna Green. Wer da eintrifft, wird auf Wunsch schon am nächsten Tage getraut. Das tun wir – und fahren dann mit dem nächsten Schiff glückselig weiter in die neue Heimat. Was meinst du, Thea: werden wir glücklich sein?«

»Ja«, sagte Thea.

»Das glaub' ich auch!« sprach der kleine Sportsman erfreut...»und ich werde arbeiten wie ein Neger da drüben für dich und mich. Ein bißchen wüst wird's ja zu Anfang sein in dem wilden Westen. Einerlei. Ich scheue mich jetzt vor nichts!«

Er war tief ernst geworden.

»...und was etwa auch drüben roh häßlich sein wird in meinem Beruf und unserm Dasein, das, Thea, muß die Liebe adeln! ...die Liebe fürs Leben!«

»Denn ein langes Leben liegt noch vor uns.«

»...Und wenn es köstlich wird, so wird es Müh' und Arbeit sein!...«
Ende